Emely – einfach abgefahren!

In der Lesegören-Reihe von Patricia Schröder bisher erschienen:
Emely – total vernetzt!
Emely – absolut verstrickt!
Emely – voll im Freundschaftschaos!
Emely – einfach abgefahren!

Patricia Schröder, 1960 geboren, lebt mit ihrem Mann und einer Handvoll Tieren auf einer Warft an der Nordsee. Ihr »richtiger« Beruf ist Textildesignerin, noch lieber aber als Muster für Blusen, T-Shirts oder Krawatten denkt sie sich Geschichten für junge Mädchen aus, und so hängte sie ihren ersten Beruf vor einigen Jahren kurzerhand an den Nagel. Inzwischen gehört sie zu den erfolgreichsten und beliebtesten deutschen Kinder-und Jugendbuchautorinnen.

Mehr über unsere Bücher, Autoren und Illustratoren auf:
www.planet-verlag.de

LESE GÖREN

Patricia Schröder

EMELY –

einfach abgefahren!

PLANET!

Hoodie x 3

»Oh Mann!«, stöhnt Maylin. »Irgendwie habe ich mir das viiieeel leichter vorgestellt.«

Sie hält das dunkelblaue Kapuzenshirt, das sie gerade bearbeitet, hoch und betrachtet skeptisch ihr Werk.

Eine Handbreit unterhalb des Halsausschnitts prangt ein großes A aus knallgrünem Stoff, das sie mit einem orangen Faden in kleinen sauberen Stichen aufgenäht hat. Es sitzt nicht ganz in der Mitte und sieht auch ein wenig windschief aus, aber ich finde, das passt zu May. Außerdem ist es ihr allererster Nähversuch, und dafür ist er echt ziemlich gut gelungen.

Anna streicht sich eine rote Locke aus dem Gesicht und reckt den Daumen hoch.

»Sieht doch super aus!«, lobt sie und schenkt Maylin ein strahlendes Lächeln.

»Deins ist besser«, erwidert unsere Freundin nüchtern. »Und Emelys auch. Außerdem seid ihr schon fast fertig.«

»Wir haben ja auch etwas mehr Übung«, tröste ich sie.

»Oh Mann!«, stöhnt Maylin ein weiteres Mal und verdreht die Augen. »Eigentlich wollte ich noch kleine Perlen in das A sticken. Aber ich glaube, das lasse ich lieber.«

»Also, ich helfe dir gerne«, bietet Anna sich sofort an.

»Ich natürlich auch«, sage ich.

»Nee.« May schüttelt den Kopf. »Wenn schon, denn schon. Ich hab ja nur drei Buchstaben«, brummt sie, legt das Kapuzenshirt auf den Tisch zurück und greift nach einem geblümten Stoffrest. »Das werde ich ja wohl hinkriegen«, setzt sie entschlossen hinzu.

»Klar tust du das«, bekräftige ich. »Du hast ja noch zwei Tage Zeit. Anna und ich kümmern uns inzwischen schon mal um die Umgestaltung unseres Blogs.«

Maylin nickt ein wenig frustriert.

»Eigentlich würde ich dabei auch gerne mitmachen«, murmelt sie.

»Das kannst du ja noch«, versichere ich ihr. »Anna und ich leisten die grobe Vorarbeit, und den Feinschliff erledigen wir später dann zu dritt.«

»Hauptsache, die Hoodies werden rechtzeitig fertig«, betont Anna. »Damit setzen wir ein echtes Zeichen.«

»Ganz genau«, pflichte ich ihr bei. »Wer weiß, ob Jane, Michelle, Franzi, Ann-Christin und die anderen aus der Klasse unseren Blog überhaupt beachten. Aber an den Kapu-Shirts können sie gar nicht vorbeischauen! Also …«, ich klopfe Maylin ermutigend auf die Schulter, »stell dir einfach vor, was unsere Klassenkameraden für Augen machen werden, wenn wir am Montag in der Schule auflaufen.«

Auf Mays Gesicht breitet sich ein Strahlen aus.

»Joh«, sagt sie, schnappt sich das große Papierschablonen-M und heftet es auf den Blumenstoff. »Mädels, das wird ein Spaß!«

Anna und ich sehen uns verstohlen an.

An einen Spaß glauben wir eigentlich eher weniger. Im Gegenteil. Vermutlich werden wir uns von den Oberzicken aus unserer Klasse jede Menge megadumme Sprüche anhören müssen.

Bisher galten Anna und ich in der Schule nämlich als so ziemlich untrennbare BFF, und darauf sind Jane, Michelle und Co. total neidisch. Ich bin sicher, sie gieren geradezu danach, dass wir uns mal so richtig fetzen – oder besser noch für immer zerstreiten. Seitdem wir hin und wieder auch mit May abhängen, stehen wir bei der Zickenriege jedenfalls extrem unter Beobachtung. Garantiert wäre es ein gefundenes Fressen für sie, wenn ausgerechnet Maylin Anna und mich auseinanderbringen würde.

Aber da können die Zicken lange warten!

Seit unserer gemeinsamen Ferienzeit an der Nordsee sind wir nämlich ein felsenfestes Dreiergespann. Und das soll ruhig jeder sehen! Vor allem diejenigen, die May schon seit Monaten mehr oder weniger offensichtlich dissen. – Bloß, weil sie ein bisschen spleenig ist!

»Was schätzt du, wie lange du noch brauchst?«, fragt Anna mich.

Ich zucke die Achseln. »Weiß nicht. Vielleicht eine Stunde.«

Ich habe für das E einen petrolfarbenen und für das M einen schwarz-weiß-karierten Stoff ausgewählt. Beide Buchstaben habe ich mit groben Stichen auf mein Kapuzenshirt geheftet, und nun bin ich gerade dabei, ihre Ränder mit einem schmalen violetten Band zu umnähen.

»Wow!«, stößt Maylin bewundernd hervor. »Das sieht ja cool aus! Ich glaube, das mache ich auch.«

»Also, ich an deiner Stelle täte das nur bei dem M aus dem Blümchenstoff«, rät Anna ihr. »Das A hast du ja schon super sorgfältig umstochen. Das franst garantiert nicht mehr aus.«

»Du denkst wohl, ich werde sonst bis morgen Abend nicht fertig, was?«, erwidert May und verpasst ihr einen freundschaftlichen Knuff in die Seite.

»Allerdings«, gibt Anna giggelnd zurück. »Genau das denke ich!«

»Hmmm …« Maylin zieht die Schachtel mit den Bändern zu sich herüber und kramt ein pinkfarbenes Satinband und eine zwei Zentimeter breite neongelbe Spitzenlitze heraus. »Wenn du dich da mal nicht irrst«, meint sie grinsend.

»Die bitte nicht«, erwidert Anna und nimmt ihr das Litzenband aus der Hand. »Die ist so schön elastisch. Daraus will ich unbedingt noch eine Mütze häkeln.«

»Keine Sorge«, sage ich. »Davon liegt noch ein richtig dickes Knäuel im Karton mit den Wollresten.«

»Ich brauch sowieso nur ein kleines Stück«, entgegnet Maylin und erbeutet sich blitzschnell das Spitzenband zurück. »Nämlich für mein Y.«

»Super Idee!«, lobe ich sie. »So ein Band hast du ruck, zuck aufgenäht. Das ist viel besser, als jeden Buchstaben aus Stoff auszuschneiden!«

Anna nickt. »Und noch dazu sieht es garantiert total maymäßig gigaklasse aus!«

Maylin lässt ihre Näharbeit sinken und guckt mit ernster Miene zwischen Anna und mir hin und her.

»Ihr macht euch nicht zufällig über mich lustig, oder?«

»Was?« Bestürzt tausche ich einen Blick mit Anna.

»Natürlich nicht!«, sage ich dann zu Maylin.

Anna schüttelt heftig den Kopf, und ich hebe meine Hand zum Schwur, doch irgendwie ist jetzt der Wurm drin. May glaubt uns nicht.

»Okay, ich frage Teo«, beschließt sie, rafft das Shirt, den Blümchenstoff und die neongelbe Spitzenlitze zusammen und stürmt aus dem Zimmer.

»Ausgerechnet«, seufze ich.

»Jetzt tu mal nicht so, als ob du deinen Bruder immer noch hasst«, weist Anna mich zurecht. »Die Nummer zieht mittlerweile nämlich nicht mehr.«

»Hm«, mache ich und schenke ihr ein verschmitztes Grinsen. »Die Macht der Gewohnheit.«

»Klar.« Anna tippt sich an die Stirn.

»Na gut«, lenke ich ein. »Ich gebe es zu: Es gibt nichts Langweiligeres als einen Bruder, den man okay finden kann.«

Meine beste Freundin Nummer eins betrachtet nachdenklich ihr Kapuzenshirt und nickt dabei wie ein Wackeldackel vor sich hin.

»Doch, gibt es«, entgegnet sie schließlich. »Nämlich dieses Shirt.«

»Hä? Wieso denn das jetzt auf einmal?«

»Guck es dir doch bitte mal genau an!« Wütend tippt Anna auf das buttermaisgelbe A und die beiden lollipopppinken N, die sie bereits aufgenäht hat. »Bumsblöde Bonbonfarben!«

»Ja und?«

»LANGWEILIG!«, stöhnt Anna. »Ich bin doch kein Lutscherstiel!«

»Und jetzt?«, frage ich stirnrunzelnd.

Die Bemerkung, dass sie bisher immer in Bonbonfarben herumgelaufen ist und darin alles andere als langweilig aussieht, verkneife ich mir lieber. Denn Anna wirkt auf mich gerade ganz und gar nicht so, als ob sie das hören wollte.

Unterdessen kommt Maylin ins Zimmer zurückgestürmt.

»Teo findet's cool«, verkündet sie strahlend.

»Und du bist sicher, dass er dich nicht verschaukelt?«, frage ich und zeige auf Anna. »So wie wir?«

»Bestimmt nicht«, erwidert May zutiefst überzeugt. »Ihr habt es ja auch nicht getan.«

»Nee, aber du dachtest es, bis Teo dir dasselbe gesagt hat wie Em und ich«, gibt Anna augenzwinkernd zurück.

Maylin fischt ein Gummiband aus einer unserer Krimskramsboxen und fasst ihre glatten blonden Haare im Nacken zusammen. »Besser zwei gleiche Meinungen als zwei verschiedene«, erwidert sie schulterzuckend. »So kann ich mir jedenfalls sicher sein, dass es auch Julius gefällt.«

»Julius?«, platzt es aus mir heraus. »Wieso denn Julius?«

Über Mays rundliches Gesicht huscht ein Lächeln. »Wieso denn nicht?«

»Du hast ihn die gesamten sechs Wochen Sommerferien nicht ein einziges Mal erwähnt«, erinnere ich sie.

»Stimmt«, unterstreicht Anna.

Sie schnappt sich ihr Kapuzenshirt und die Trennschere und rückt damit dem buttermaisgelben A zu Leibe.

»Wozu denn auch?«, erwidert May. »An der Nordsee war er nicht mit, und hier ist er uns auch nicht über den Weg gelaufen. Es gab also überhaupt keinen Grund, über ihn zu reden.«

»Du bist also noch immer in ihn verknallt«, schlussfolgere ich wenig begeistert.

»Natürlich«, lautet Mays prompte Antwort.

»Natürlich ist Kartoffelsalat«, brummt Anna.

Irritiert sehe ich sie an. »Wie jetzt?«

»Ach, ich weiß auch nicht.« Seufzend zupft sie an ihrem halb abgetrennten A. »Am besten, ich frage Teo.«

»Aber der kennt Julius doch überhaupt nicht«, wende ich ein.

»Und es geht ihn auch nichts an«, erklärt May.

Anna verdreht die Augen.

»Ich rede nicht von Julius, sondern von meinem Hoodie«, betont sie und deutet auf das Blümchenstoff-M, das Maylin gerade links von ihrem knallgrünen A festgesteckt hat. »Was Klamotten und Mode angeht, ist Teo ja offenbar Experte.«

Sie schießt von ihrem Stuhl hoch und flitzt aus dem Zimmer.

»Apropos Kartoffelsalat«, murmelt Maylin. »Ich kriege allmählich Hunger.«

»Ich hab noch Kekse«, sage ich. »Wir können uns aber auch ein Brot machen. Oder Müsli.«

May reckt den Hals und schielt auf meine Armbanduhr. »Wie spät ist es überhaupt?«

»Zwanzig vor fünf.«

»Oh! … Und wann kommt deine Mutter nach Hause?«

»Was hat denn das mit deinem Hunger zu tun?«, erkundige ich mich.

»Nix …«, entgegnet Maylin schulterzuckend. »Ähm … ich wollte euch bloß nicht beim Abendessen noch auf der Pelle hängen. Und deshalb verzichte ich jetzt mal auf die Kekse und das Brot und sehe zu, dass ich mein Kapu-Shirt fertig bekomme.«

»Ts«, mache ich. »Ts … ts … ts …TSSS!!!!«

»Was ist los?«, fragt meine beste Freundin Nummer zwei. »Hast du eine Schlange verschluckt?«

»Klar«, sage ich und tippe mir an die Stirn. »Und seitdem spreche ich nur noch Kobrasisch. Manchmal auch Phytonisch.«

»Ringelnatterisch wäre mir lieber«, erwidert Maylin kichernd. »Aber ganz ehrlich, Em … Ich kapier grad echt nicht, was du meinst.«

»Du hängst hier niemandem auf der Pelle, May!«, erkläre ich und nicke dabei so heftig mit dem Kopf, dass mir die Brille von der Nase rutscht und in meinem Schoß landet. »*Das* solltest du endlich mal kapieren.«

»Ja, ja … schon gut.«

Maylin lächelt verschämt, und eine zarte Röte breitet sich auf ihren Wangen aus.

Während ich mir meine Brille wieder ins Gesicht pflanze, mustere ich sie unauffällig. Irgendwie hat May sich in den letzten Wochen verändert. Aus einer ziemlich verrückten Nudel, die sich nicht eine Sekunde die Bohne um Peinlichkeiten geschert hat, ist beinahe unmerklich ein schüchternes Mäuschen geworden. Plötzlich hat sie Angst, dass sie aneckt. Und ständig versucht sie, Anna und mir alles recht zu machen. Dabei hat sie das überhaupt nicht nötig!

»Moms kocht heute nicht«, sage ich. »Sie hat noch ein paar geschäftliche Dinge mit ihrem Robert zu besprechen.«

»Du meinst George Clooney in jünger?«

Ich nicke. »Genau den.«

»Ich dachte, es ist nicht *ihr* Robert«, entgegnet Maylin.

Ich zucke mit den Schultern. »Behauptet sie.«

»Aber du glaubst ihr nicht?«

»Ehrliche Antwort?«, frage ich seufzend.

»Ehrliche Antwort.«

»Okay«, sage ich. »Keine Ahnung. Meine Mutter kennt ihn seit ungefähr zwei Monaten. Sie findet ihn ganz toll. Eigentlich ist er Psychologe und jetzt will er ins *Dress 'n Veggies* einsteigen, damit sie mehr Zeit für Teo und mich hat. Das sind die Dinge, die ich weiß. Wann genau sie ihn wo aufgegabelt hat, hat sie mir bisher nicht erzählt.«

»Hm«, macht Maylin. »Bestimmt hat sie eine Annonce aufgegeben. So was macht man doch, wenn man jemanden für irgendwas Bestimmtes sucht.«

»Ich glaube eher, dass sie ihn zufällig kennengelernt hat.«

»Und eigentlich nichts Geschäftliches von ihm wollte?«, hakt Maylin nach.

»So ungefähr.«

»Hat deine Mutter dir nicht eigentlich versprochen, dass sie es euch sagt, wenn … ein neuer Mann in ihr Leben tritt?«, formuliert Maylin vorsichtig zu Ende.

»Ja, hat sie«, bestätige ich. »Aber vielleicht ist ja trotzdem was zwischen ihr und GCIJ.«

May guckt mich über ihre Näharbeit hinweg stirnrunzelnd an.

»GCIJ?«

»George Clooney in jünger«, helfe ich ihr auf die Sprünge.

»Aaah!« Sie schlägt sich mit der Hand gegen die Stirn und rammt sich dabei fast die Nähnadel in die Haut. »Es muss ja nix Ernstes sein«, meint sie dann.

»Nee, nee, nee. So was Lockeres würde meine Mutter niemals machen. Jedenfalls nicht mit GCIJ. Sie braucht ihn doch für ihr Laden-Bistro.«

Ich schüttele so heftig den Kopf, dass meine Brille ein zweites Mal flöten geht. Diesmal landet sie auf dem Fußboden und wird nur einen Lidschlag später unter rot-weißem Katzenfell begraben.

»Hey, Missie H.!«, rufe ich empört und lege flugs mein Kapuzenshirt beiseite. »Das ist doch kein Spielzeug!«

Ich schnappe mir meine Mieze und hebe sie auf den Arm. Netterweise hält sie die Brille zwischen ihren Pfoten fest.

»Vielen Dank, das ist wirklich ganz reizend«, sage ich kichernd, nehme ihr das ungeliebte Ding ab und drücke ihr einen Kuss in den Pelz. »Oh Mann, ich glaube, an diese Brille werde ich mich nie gewöhnen«, stöhne ich.

»Also, ich hab es schon«, erwidert May. »Ohne das Teil siehst du echt komisch aus.«

»Ebenfalls vielen Dank«, brumme ich und werfe einen Blick zur Zimmertür. »Wo bleibt denn Anna eigentlich?«

»Tja …« Ein Grinsen zieht Maylins rechten Mundwinkel nach oben. »Wahrscheinlich hat sie Besseres zu tun.«

»Kann gar nicht sein«, sage ich. »Was gibt es Besseres, als mit seinen beiden BFFs zusammenzuhocken und etwas DIY-Mäßiges zu kreieren?«

»Wenn ich an Julius denke …«, entgegnet Maylin gedehnt, »wüsste ich schon was …«

Du sollst aber nicht an Julius *denken,* denke ich. Das bringt sowieso nur Unglück. Davon bin ich jedenfalls felsenfest überzeugt. Doch wie soll ich das May verklickern, damit sie es nachvollziehen kann und ohne sie zu verletzen?

»Komm, lass uns mal nachschauen«, fordert sie mich auf, und ehe ich etwas einwenden kann, ist sie schon aus der Tür.

Ein Grinsen stiehlt sich in mein Gesicht. Das ist die gute alte Maylin, wie sie leibt und lebt. Und deshalb werde ich den Teufel tun und versuchen, sie von ihrem Vorhaben abzuhalten!

Auf leisen Sohlen schlüpfe ich hinter ihr her in den Flur und anschließend die Treppe hinunter.

Teos Zimmertür ist zu. – Na, wer hätte das gedacht!

»Sollen wir sie rufen?«, formt Maylin lautlos mit den Lippen.

Kopfschüttelnd umfasse ich ihr Handgelenk und ziehe sie auf die Tür zu.

Langsam drücke ich die Klinke runter. – Doch die Tür bewegt sich keinen Millimeter. Teo hat natürlich abgeschlossen. Logisch! Er ist ja nicht blöd. Maylin deutet aufs Schlüsselloch. Ich nicke, beuge mich hinunter und spähe hindurch … oder besser gesagt hinein, denn der Blick ins Zimmer meines Bruders bleibt mir leider verwehrt.

»Was ist?«, wispert May, als ich mich wieder aufrichte.

»Nix zu sehen«, sage ich frustriert. »Er hat den Schlüssel so gedreht, dass er mit dem Bart genau im Schloss steckt.«

»Na, so ein Schlaule!« Maylin grient über beide Wangen. »Der kennt seine Schwester und weiß genau, dass wir ihm hinterherspionieren.«

Wo sie recht hat, hat sie recht. Es ist gerade mal ein Jahr her, als ich hier ebenfalls vor verschlossener Tür stand und da bereits dachte, dass Teo sich mit einem Mädchen eingeschlossen hätte.

Um ihn herauszulocken, habe ich etwas ziemlich Blödes angestellt und dabei versehentlich den Garderobenspiegel zerdeppert. Diese Nummer werde ich garantiert nicht noch einmal bringen. Teo hat diese Geschichte allerdings sicher auch nicht vergessen!

»Wetten, dass sie sich küssen?«, wispert May.

Vor Aufregung hat sie ganz glänzende Augen. Wahrscheinlich stellt sie sich vor, dass sie und Julius … Uäääh! Nee, lieber lasse ich einen Regenwurm über meine Zunge kriechen, als diesen Gedanken zu Ende zu führen!

»Komm«, sage ich und zupfe sie am Ärmel. »Wir gehen wieder nach oben und machen mit unseren Hoodies weiter.«

Knutschen mag anfangs ja eine spannende Angelegenheit sein, aber irgendwann wird hundertpro auch das langweilig. So viel lässt sich mit zwei Lippen und Zungen ja nun auch wieder nicht anstellen (sagt die, die absolut null Erfahrung, aber durchaus ein bisschen Fantasie hat *grumpf*).

Widerstrebend folgt May mir die Treppe hinauf.

»Meinst du, wir können Anna fragen, wie es ist?«, überlegt sie laut.

»Wozu?«, entgegne ich und gebe mir Mühe, cool zu wirken.

»Das ist eine ziemlich dusselige Frage«, erwidert Maylin. »Oder weißt du etwa schon, wie es sich anfühlt?«

»Nein«, sage ich. Und es interessiert mich auch nicht.

»Und was machst du, wenn zum Beispiel Phineas versucht, dich zu küssen?«, erkundigt sie sich.

»Ihm eine scheuern?«, schlage ich vor.

May schüttelt den Kopf. »Keine gute Idee.«

»Wieso nicht?«, gebe ich zurück. »Schließlich kann er mich nicht einfach küssen, ohne mich vorher zu fragen.«

»Aha, und dann sagst du Nein oder wie?«

»Klar. Was sonst?«

Maylin mustert mich forschend.

»Du magst ihn doch«, meint sie nach einer Weile.

»Ich mag auch dich«, entgegne ich ein wenig ungeduldig. »Und Anna. Und Jona.«

»Schon. Aber doch nicht so.«

Ts!

»Woher willst du denn wissen, auf welche Weise ich Phineas mag?«, pflaume ich sie an.

»Keine Ahnung«, erwidert sie achselzuckend. »Ich weiß es eben. Man merkt es. Man sieht es …«

»Ach, und woran?«, knurre ich und trabe im Treppenflur auf und ab, während Maylin sich seelenruhig in den Türrahmen des Bastelzimmers lehnt.

»Zum Beispiel daran, dass du dich gerade so aufregst«, antwortet sie. »Und so patzig zu mir bist …«

»Bin ich doch gar nicht«, behaupte ich.

»Wenn du meinst«, sagt May, und wieder grinst sie von einem Ohr zum anderen.

»Und wenn schon«, brumme ich. »Pops ist mit Phins Mutter zusammen.«

»Ja … und?«

»Deshalb ist er jetzt so etwas wie mein Bruder.«

»Ach so«, sagt Maylin.

Sie sieht aus, als hätte man ihr das Grinsen mit Pattex-dauerfest ins Gesicht geklebt.

»Ich möchte das mit Jona nicht noch komplizierter machen, als es schon ist«, erkläre ich ihr, dabei gibt es überhaupt keinen Grund, mich für was auch immer zu rechtfertigen. Zumal ich mit dieser Aussage vermutlich bloß wieder neue Fragen aufwerfe.

Und siehe da, Maylin zeigt natürlich sofort Interesse.

»Was ist denn eigentlich mit Jonathan?«, will sie wissen.

»Alles im grünen Bereich«, sage ich, stapfe an ihr vorbei ins Bastelzimmer und nehme meine Näharbeit wieder auf.

»Aha … und wie grün?«, hakt May sofort nach. »Junigras oder eher Finstermoos?«

»Er hat es Birke noch immer nicht gesagt, aber …«

»Er hat es dir versprochen«, betont Maylin. »Schon am Anfang der Sommerferien. Er hat gesagt, dass sie Bescheid wüsste, wenn du von der Nordsee zurückkommst. Das ist jetzt drei Wochen her.«

»Ich weiß«, brumme ich, ramme die Nähnadel in den Sweatshirtstoff und ziele um Haaresbreite an meinem Finger vorbei.

»Und? Wie oft habt ihr euch seitdem getroffen?«, bohrt Maylin unerbittlich weiter.

»Ist das ein Verhör?«, knurre ich und lege den Hoodie auf den Tisch zurück. Solange wir über Jona reden, sollte ich wohl besser keine Stechwerkzeuge in der Hand halten. Auf eine neuerliche Verletzung einer meiner Hände kann ich nämlich bestens verzichten. Die achtzehn Tage, die meine Finger nach meinem Sturz mit dem Skateboard im Verband verbringen mussten, waren schlimm genug.

»Natürlich nicht«, erwidert Maylin sanft. »Anna und ich sind nur der Meinung, dass du endlich klare Verhältnisse schaffen solltest.«

»So, so … Anna und du! Ihr redet also hinter meinem Rücken über mich?«

Keine Ahnung, wie ich das finden soll!

May lässt sich mit einem tiefen Seufzer auf den Stuhl neben mich sinken. »Wir machen uns einfach Gedanken, weil wir wollen, dass es dir gut geht.«

Dann redet *ihr* doch mit Jona, rutscht es mir beinahe heraus. Im letzten Moment beiße ich mir auf die Unterlippe.

Meine beiden besten Freundinnen haben ja recht. Auch, was meinen *besten* Freund angeht, sollte ich endlich ein Zeichen setzen. Und zwar eins, das so ultraglasklar und deutlich ist, dass er es unmöglich übersehen kann.

Und ich glaube, ich weiß auch schon wie …

Zeichen setzen

Mit meiner tatkräftigen Unterstützung wird auch Maylins Hoodie bis zum ersten Schultag fertig. Natürlich hat sie sich zunächst vehement gegen unsere Hilfe gewehrt, schlussendlich ist sie dann aber froh gewesen, dass sie ihre drei Buchstaben nicht allein aufnähen musste. Während sie sich mit dem Y beschäftigte, habe ich das M umstichelt, und nun sind wir alle drei megahappy über unsere Kapuzenshirts und fiebern unserem ersten Dreier-Pack-Auftritt entgegen.

»Wann genau zieht dein Vater eigentlich hierher?«, fragt Anna, als wir um kurz nach halb acht in die U-Bahn steigen.

»Wie lange *genau* knutschst du *eigentlich* so am Tag mit meinem Bruder?«, gebe ich grinsend zurück.

»Em!«, erwidert sie mit gespielter Empörung, während sie einen freien Viererplatz ansteuert und sich am Fenster niederlässt. »So etwas fragt man doch nicht.«

»Als BFF schon«, halte ich dagegen, lasse mich ihr gegenüber auf den Sitz fallen und stelle mein Skateboard senkrecht zwischen meine Beine. »Und als Schwester sowieso. In diesem speziellen Fall habe ich sogar das doppelte Recht dazu.«

»Pff!«, macht Anna und tippt sich an die Stirn. »Du bist ja nur neidisch.«

Ach ja?!

»Auf wen?«

»Na, auf Teo bestimmt nicht«, meint Anna lachend. »Oder möchtest du an seiner Stelle mit mir knutschen?«

»Das nicht«, stelle ich klar. »Allerdings nimmt er dich ganz schön in Beschlag.«

»Also, mir ist's recht«, erwidert sie missmutig. »Außerdem dachte ich, das Thema wäre durch.«

»Keine Angst«, versichere ich ihr. »Das ist es. Und Maylin ist schließlich auch noch da.«

»Hm, es sei denn, Julius hat während der Sommerferien seine Meinung geändert und findet sie plötzlich doch ganz toll«, feixt Anna.

»Tja, in dem Fall müsste ich mich dann wohl doch noch Phineas an den Hals werfen«, scherze ich.

Anna neigt sich vor und dreht an den Vorderrädern meines Skateboards herum.

»Wieso eigentlich nicht?«

»Das weißt du genau.«

»Eben nicht«, brummt sie.

»Weil er jetzt quasi mein Bruder ist … und mit Teo würde ich schließlich auch nicht …«

»Das wäre ja wohl noch schöner!« Anna boxt gegen das Skateboard. »Deiner BFF den Freund auszuspannen!«

»Spinnst du jetzt komplett?«, erwidere ich kichernd. »Ich habe bloß noch immer nicht kapiert, was du an ihm findest.«

Meine Freundin sinkt wieder gegen die Lehne zurück.

»Ob du's glaubst oder nicht: Mann kann gut mit ihm reden.«

»Ich nicht«, sage ich. »Konnte ich noch nie.«

Nicht mal während der drei Wochen, die Teo, Phineas, Anna, May und ich zusammen in der Pension von Phins Mutter (und Pops' neuer Flamme) verbracht haben. Dass mein Bruder und ich es überhaupt so lange miteinander ausgehalten haben, ist allerdings ein immenser Fortschritt. Meine Geheimnisse würde ich ihm aber noch immer nicht anvertrauen.

»Du versuchst es ja nicht mal«, wirft Anna mir vor.

»Sei doch froh«, kontere ich. »Umso mehr hast du von ihm.«

»Ja«, gibt sie seufzend zu. »Das stimmt allerdings. Und was Phin angeht: Er ist ziemlich weit entfernt davon, dein Bruder zu sein. Er ist ja nicht mal ansatzweise mit dir verwandt.«

»Weiß ich doch«, grummele ich. »Trotzdem wäre es Familie. Und das ist total peinlich.«

»Findest du?«

»Ja! Anna!« Und jetzt gib endlich Ruhe, will ich noch hinzufügen, aber meine Freundin ist schneller.

»Er steht aber total auf dich.«

Und damit knockt sie mich aus.

Am liebsten würde ich durch die Fensterscheibe in den stockfinsteren U-Bahn-Schacht hinausspringen, bloß damit Anna nicht sieht, dass ich knallrot angelaufen bin. – Ultradunkel-Kirschrot!

»Wusst ich's doch«, triumphiert sie leise.

Ich atme tief ein und versuche, die Hitze in meiner Birne, so gut es geht, in alle Himmelsrichtungen zu vertreiben. Vor allem aber gebe ich mir Mühe, ruhig zu bleiben. Und das ist verdammt noch mal gar nicht so leicht!

»Du bist total auf dem Holzweg«, sage ich.

»Klar.« Anna nickt und umarmt ihren Rucksack, den sie die ganze Zeit auf ihrem Schoß liegen hat – obwohl der Platz neben ihr frei ist. »May hast du erzählt, dass du keine Komplikationen willst.«

Stimmt ja auch!

»Ihr redet also tatsächlich über mich«, knurre ich.

Meine Freundin winkt ab. »So würde ich das nicht nennen. Bringt ja sowieso nix.«

»Nee«, sage ich. »Also ...«

»Aber ausgesprochen werden muss es ja mal«, rechtfertigt sie sich. »Was ich hiermit getan habe. Der Rest ist dann deine Sache.«

Das war es schon immer!

Und deshalb stelle ich hiermit Folgendes klar, und zwar ein für alle Mal: »Phineas ist mir zu anstrengend.«

Im Übrigen bin ich nicht mal sicher, ob er wirklich auf mich steht. Es könnte auch alles ganz anders sein. Bei Phin weiß man so was nämlich nie. Mal ist er total lieb und dann wieder frotzelt er herum, was das Zeug hält, und man kann froh sein, wenn man mit einigermaßen heiler Haut davonkommt. Auf so was habe ich keine Lust. Anna, May und Jona bringen schon genug Unruhe in mein Leben. Von Moms, Pops und Oma und Opa Berlin mal ganz abgesehen!

Bei genauer Betrachtung ist zurzeit noch am ehesten Teo mein Fels in der Brandung. – Ausgerechnet er!

Ja, okay, es ist noch gar nicht lange her, da habe ich meinem Vater hoch und heilig versichert, dass auch ich inzwischen der Meinung bin, dass Veränderungen das Leben spannend machen. Aber man muss es deshalb ja nicht gleich übertreiben!

Immer schön eins nach dem anderen. Schließlich ist meine nächste Mission schon aufregend genug. Eigentlich wollte ich Anna ja einweihen. Aber wie es im Moment aussieht, lasse ich es besser und starte die Aktion erst einmal in aller Stille allein. Jawohl! Nicht einmal Maylin werde ich verraten, dass ich mir tatsächlich einen Jungen zum Händchenhalten suchen werde. Natürlich nur zum Schein … und um Jona eine Lektion zu erteilen.

Der erste Schultag nach den Sommerferien ist immer ein ganz besonderer. Wenn alles nach Plan gelaufen ist, steigt man eine Klasse höher – und fühlt sich mindestens zwei Jahre älter.

Manchmal gibt es neue Mitschüler, und viele der alten verändern sich innerhalb von sechs Wochen so sehr, dass man ganz genau hinschauen muss, um sicher zu sein, dass sie es auch wirklich sind.

Kai zum Beispiel, der Anfang Juli noch ein kleiner Pimpf gewesen ist und mir gerade einmal bis zur Nasenspitze reichte, ist während der Ferien total in die Länge geschossen. Er schlackst an Anna, May und mir vorbei, bleibt mit seiner rechten Hand beinahe im Treppengeländer hängen und fällt ein paar Schritte weiter fast über seine eigenen Füße. Ts, ts – offenbar muss er sich an seine neuen Ausmaße erst noch gewöhnen.

Im Gegensatz zu Kai ist Mesut mehr in die Breite gegangen. Außerdem trägt er seine schwarzen Haare jetzt hinten raspelkurz und dafür vorne so lang, dass seine linke Gesichtshälfte nahezu komplett unter einer knallblauen Ponysträhne verschwindet.

Die Krönung jedoch ist Julius.

Keine Ahnung, wie er es angestellt hat, innerhalb von sechs Wochen solche Muckis zu kriegen! Wahrscheinlich hat er von morgens bis abends mit Hanteln trainiert und sogar nachts im Traum noch weiter Gewichte gestemmt.

Jedenfalls halten alle den Atem an, als er unseren neuen Klassenraum betritt, und stiehlt Anna, Maylin, mir und unseren Kapu-Shirts damit leider total die Show.

Julius trägt ein viel zu enges dunkelrotes T-Shirt und er geht, als ob sein großes Geschäft heute Morgen anstatt ins Klo in seine Jeans geplumpst wäre.

Ich zumindest finde, dass es total kacke aussieht, allerdings stehe ich mit dieser Meinung ziemlich alleine da.

»Wow«, haucht May neben mir, und Michelle quiekt so fröhlich wie ein Ferkel, dem man eine Extraportion in Milch eingeweichter Brötchen vor den Rüssel geworfen hat.

Franziska, Jane und Michelle verfolgen Julius mit ihren Blicken bis zu seinem Platz. Ihre Augen sind kugelrund vor Begeisterung und ihre Münder stehen sperrangelweit offen.

Anna drückt mir ihren Ellenbogen in die Seite. »Bestimmt fangen sie gleich noch an zu sabbern«, raunt sie mir ins Ohr. »Und jetzt geh weiter! In der dritten Reihe sind noch vier Stühle nebeneinander frei.«

Ich renne los und ergattere die begehrten Plätze, bevor Franzi, Jane und Michelle es schaffen, sich in Bewegung zu setzen. Anna hat Maylin am Hoodie gepackt und schleift sie hinter sich her.

Geschafft!, denke ich und lasse mich auf den Stuhl in der Nähe der Wand fallen, danach folgen Anna und May – die sich jedoch nicht hinsetzt, sondern mir vielsagende Blicke zuwirft, und gleichzeitig wie wild mit Händen und Füßen gestikuliert.

»Hä?«, frage ich, denn ich verstehe nur Bahnhof.

»Sie möchte mit dir tauschen«, zischt Anna.

»Wieso?«

»Wegen …« Sie verdreht unauffällig die Augen. »Hinter dir …«

»Was ist denn da?«, frage ich noch, da habe ich mich bereits umgedreht und finde mich Augenpaar in Augenpaar mit Julius wieder. – Bilde ich mir das nur ein, oder hat er mir gerade zugezwinkert?

»Oh!«, stoße ich aus, sause zurück und schieße vom Stuhl hoch. »Meinetwegen.«

Peinlicherweise sitzt Maylin noch schneller auf meinem Platz, als ich mich auf ihren pflanzen kann. Aber damit nicht genug. Kaum habe ich meine Atmung wieder einigermaßen auf Normalmodus geschaltet, steht Julius plötzlich neben mir und fragt:

»Hi! Hier noch frei?«

Nee, will ich eigentlich sagen, aber da erscheint Frau Schnacke bereits in der Tür und klatscht in die Hände.

»Bitte hinsetzen!«, ruft sie.

Noch nie ist Julius ihrer Aufforderung so schnell gefolgt, und auch alle übrigen Schüler, die noch frei in der Klasse herumschwirren, erkämpfen sich hastig ihre neuen Plätze.

»Was wollen *Sie* denn hier?«, platzt es aus Mesut heraus.

»Das erzähle ich euch, sobald Ruhe eingekehrt ist«, erwidert Frau Schnacke.

Nach kurzem Hin und Her haben auch Michelle, Jane und Franziska einen Dreier-Platz gefunden. Leider befindet der sich in der hintersten Reihe, sodass sie unsere neuen DIY-Hoodies noch immer nicht »bewundern« können.

»Wir hätten sie von beiden Seiten bearbeiten sollen«, flüstert Anna mir zu.

Jap! Allerdings wären sie dann auf keinen Fall bis heute fertig geworden.

»Spätestens in der Pause haben wir unseren Auftritt«, flüstere ich zurück, und fange mir dafür prompt einen mahnenden Blick von Frau Schnacke ein.

»Herr Kornelius, der in den folgenden beiden Jahrgangstufen für die Leitung eurer Klasse vorgesehen war, ist letzte Woche erkrankt und wird voraussichtlich erst in einem halben Jahr in den Schulalltag zurückkehren können«, erklärt uns unsere alte Klassenlehrerin. »Und da wir bereits bestens miteinander vertraut sind, habe ich mich dazu bereit erklärt, euch bis zu den Halbjahreszeugnissen zu übernehmen.«

»Joh! Joh! Joh!«, johlen Mesut, Lennis und ein paar weitere Jungs. Sie stampfen mit den Füßen und trommeln mit ihren Fingerknöcheln auf dem Tisch herum.

»Und was ist mit Erdkunde?«, brüllt Kai gegen den Lärm an.

Das ist nämlich sein absolutes Lieblingsfach.

»Geografie wird leider ein halbes Jahr ausfallen müssen«, erklärt Frau Schnacke. »Es sei denn, der Schulleitung gelingt es, kurzfristig einen Fachkollegen einzustellen.«

»Aber das ist doch Kacke!«, ruft Lennis und macht Kai eine lange Nase.

»Ich sehe schon, wir werden ein wenig an eurem Wortschatz arbeiten müssen«, meint unsere alte und neue Klassenlehrerin. »Und es ist wohl am besten, wenn wir sofort damit anfangen.«

Sie öffnet ihre Tasche und holt einen Stapel eng bedruckter Zettel heraus, die Ann-Christin und Mesut durch die Reihen geben dürfen.

»Bei dem vorliegenden Text handelt es sich um eine Kurzgeschichte von Herman und Rosa Rosenblat«, fährt Frau Schnacke fort und wendet sich mir zu. »Emely, würdest du bitte den ersten Absatz vorlesen …«

Es ist mir ein Rätsel, wie ich es geschafft habe, die erste Doppelstunde zu überleben. Natürlich fanden es alle gemein von Frau Schnacke, dass sie gleich am ersten Schultag, an dem es doch eigentlich darum gehen sollte, sich über den neuen Stundenplan aufzuregen und von seinen Ferienerlebnissen zu erzählen, ganz normalen Unterricht durchgezogen hat.

Der Einzige, der die ganze Zeit über keinen Mucks von sich gegeben hat, ist Julius gewesen. Kein Wunder eigentlich, denn schließlich war er durchweg damit beschäftigt, mir möglichst dicht auf den Pelz zu rücken.

Zuerst hat er so getan, als hätte er eine total schlechte Kopie von seinem Text bekommen, und ständig versucht, bei mir mitzulesen. Dabei ist er mit seinem Stuhl immer näher gerutscht, hat mit seinem Knie alle paar Minuten gegen meins gestupst oder mich mit seinem Ellenbogen berührt. Zum

Schluss hat er dann auch noch angefangen, in meiner Federtasche nach einem Radiergummi zu kramen.

Am Ende der Stunde hätte an unseren Tisch glatt noch ein dritter Schüler gepasst, und ich war kurz davor gewesen, auf Annas Schoß zu flüchten. Doch dann ertönte zum Glück der Gong, und ich konnte mich auf den Gang hinausretten. – Wo ich noch immer stehe, und zwar ohne mein Pausenbrot und mit vor Wut qualmenden Ohren und komplett durchgeschmorten Nervenzellen.

Dieser Blödmann weiß doch genau, dass Maylin in ihn verknallt ist! Wie kann er sich da so unverblümt an mich heranmachen?!

»Was ist denn mit dir los?«, erkundigt sich Anna, die in diesem Moment mit einer wachsbleichen Maylin im Schlepptau aus dem Klassenraum kommt.

»Das fragst du noch?«, knurre ich.

Es kann ja wohl unmöglich sein, dass sie Julius' unverschämte Annäherungsversuche nicht bemerkt hat!

»Nee«, meint sie dann auch gleich breit grinsend. »Wahrscheinlich wollte er eigentlich über uns beide hinwegkrabbeln und sich an May ranschmeißen«, spekuliert sie und zwinkert mir übertrieben zu.

»Meinst du echt?«, steigt Maylin auch noch darauf ein.

»Nein, meint sie nicht«, zische ich. »Und jetzt hör bitte auf mit dem Mist!«, setze ich an Annas Adresse hinzu.

Ich weiß ja, dass sie May im Grunde nur trösten will, aber was bringt es, ihr neue Hoffnungen zu machen? Julius ist ein Poloch, und ich finde, das muss auch Maylin endlich mal kapieren.

»Den Mist verzapft ja wohl gerade jemand anderer«, stellt Anna dann auch gleich ganz richtig fest. »Und jetzt rede ich mal Klartext!«

Verdattert sehe ich sie an.

Meine beste Freundin Nummer eins hat sich in den letzten Wochen ebenfalls mächtig verändert. Wenn ihre roten Locken, die braunen Augen und die vielen Sommersprossen nicht wären, sie also nicht original wie Anna aussähe und ihre Stimme sich auch nicht wie original Anna anhören würde, würde ich sie wahrscheinlich für eine vollkommen andere Person halten, so forsch und bestimmend wie sie sich mittlerweile benimmt!

»Nee, das tust du nicht«, kriege ich gerade noch über die Lippen, bevor sie tatsächlich loslegt.

Nacheinander tippe ich auf ihr, Mays und mein Kapuzenshirt und sage äußerst eindringlich: »Wir drei sind ein Team! Wir halten felsenfest zusammen und tun einander niemals weh.«

Anna fällt in sich zusammen wie ein aufgepikster Luftballon.

»Sorry«, murmelt sie. »Ich weiß auch nicht, was in mich gefahren ist.« Ihr Blick wandert zu Maylin, und sie verstummt auf der Stelle. »Scheiße!«, stößt sie leise aus. »Es tut mir leid. Es tut mir wirklich, wirklich leid!«

Anna schlingt unserer Freundin ihren Arm um den Hals und da erst registriere ich, dass Maylin angefangen hat zu weinen.

»Oh nein, bitte nicht«, sage ich bestürzt. »Ganz ehrlich, May, das ist er nicht wert. Wenn der mich nicht in Ruhe lässt, dann hau ich dem eins vor die Mappe, das schwöre ich dir.«

»Machst du nicht«, schnieft sie ein wenig undeutlich in das Papiertaschentuch, das Anna ihr inzwischen in die Hand gedrückt hat.

»Ich habe aber keine Lust, dass Julius sich mir noch einmal so an die Backe klebt.«

»Dann tauschen wir eben«, sagt Maylin und wischt sich energisch die Tränen aus dem Gesicht. »In der nächsten Stunde setze ich mich auf deinen Platz, und dann werden wir ja sehen, wie Julius reagiert.«

»Du bist echt bescheuert«, stöhne ich. »Warum tust du dir das an?«

»Warum? Warum?« Maylin verdreht ihre rot geheulten Augen. »Warum herrscht zwischen dir und Teo plötzlich Frieden? Warum hast du Jonathan noch immer nicht die Pistole auf die Brust gesetzt? Und warum bist du nicht längst mit Phineas zusammen?«

»Die Antworten kennst du«, gebe ich zurück. »Alle.«

»Und du kennst meine«, erwidert Maylin und zieht die Nase hoch.

Ich öffne den Mund, um zum Widerspruch anzusetzen, doch nach kurzer Überlegung klappe ich ihn wieder zu und atme noch einmal tief ein, bevor ich Maylin ebenfalls in den Arm nehme und »Okay. Abgemacht« sage.

Wenn ich inzwischen zwei Dinge kapiert habe, dann sind das folgende:

1. Hat Maylin ihren eigenen Kopf. Wenn sie sich etwas vornimmt, dann zieht sie es auch durch. Das gilt im

Übrigen auch für Anna und mich. Das schweißt uns zusammen, macht es allerdings auch nicht ganz einfach, uns alle drei immer unter einen Hut zu kriegen und

2. gibt es auf manche Fragen Antworten, die man nicht formulieren, sondern einfach nur innerlich fühlen kann.

In Bezug auf Maylin heißt das: Ich weiß, dass sie in Julius verliebt ist. Ich kann das zwar überhaupt nicht nachvollziehen, und ich begreife ebenso wenig, wieso sie ihm das auch noch so offensichtlich zeigt, obwohl sie doch merkt, dass er gar nichts von ihr will. Trotzdem verstehe ich, dass sie einfach nicht anders kann, und deshalb werde ich sie in allem, was sie tut, nach besten Kräften unterstützen.

Etwas anderes ist für mich jetzt allerdings ebenfalls klar wie frisch poliertes Fensterglas: Ich werde mich todsicher niemals so sehr in einen Jungen verlieben, dass ich mich und meine Gefühle nicht mehr unter Kontrolle habe. Im Gegenteil: Ich werde meinen beiden besten Freundinnen beweisen, dass es auch anders geht, wenn man von Anfang an einen kühlen Kopf bewahrt – und damit dann ein drittes, und zwar mein ganz persönliches Emely-Zeichen setzen.

Zuallererst muss ich allerdings aufs Klo. Und da weder Anna noch May den gleichen Druck verspüren, bin ich wohl oder übel gezwungen, diesen Gang allein anzutreten. Meine Freundinnen verabscheuen Schulklos nämlich genauso sehr wie ich. Wir können es absolut nicht nachvollziehen, wie man sich die gesamte Pausenzeit dort aufhalten kann.

Für einen Teil meiner Mitschülerinnen scheint es jedoch

nichts Schöneres zu geben, als mit ihren Freundinnen vor den Waschbeckenspiegeln zu hängen und Augen, Nasen und Münder zu vergleichen oder sich zu dritt, viert oder sogar fünft in eine Klokabine zu quetschen und sich gegenseitig beim Pinkeln zuzugucken. Franziska, Jane und Michelle aus meiner Klasse gehören ebenfalls dazu. Und als ich die Außentür öffne und den schmalen Gang, der zu den Klokabinen führt, betrete, renne ich den dreien blöderweise auch prompt vor die Linse.

Gackernd versperren sie mir den Weg.

»Oh, Em!«, geifert Jane und deutet auf die Buchstabenapplikation auf meinem Hoodie. »Gut, dass das da steht. Ich hätte sonst glatt vergessen, wie du heißt.«

»Das habt ihr echt toll gemacht, Anna, May und du«, giggelt Michelle. »Seid ihr jetzt etwa echte Freundinnen und spielt nach der Schule immer schön mit euren Barbie-Puppen?«

»Nee«, kontere ich. »Wir finden es viel cooler, unsere BabyBorns im Puppenbuggy zum Spielplatz zu schieben und in der Sandkiste Muschelkuchen für sie zu backen.«

»Wow ja!!!«, kreischen die drei im Chor. »Hoffentlich streitet ihr euch nicht. Wär doch schade, wenn die arme kleine May bald wieder alleine spielen muss.«

»Freut euch bloß nicht zu früh«, knurre ich. »Das wird nämlich garantiert nicht passieren. Und jetzt lasst mich bitte mal durch ...

»Was denn?«, quiekt Jane. »Pinkelst du dir sonst etwa in die Hose?«

»Nö«, sage ich trocken, »aber einer von euch auf die Füße.«

»Ts.« Franziska verzieht angewidert das Gesicht. »Du bist echt eklig!«

Blöderweise ist trotzdem keine von den dreien bereit, zur Seite zu treten. Vermutlich wollen sie mich bis zum Ende der Pause schmoren lassen, und freuen sich dann wie Bolle, wenn ich zu spät zum Geschichtsunterricht komme.

Tja, da hilft nur eins, denke ich bei mir, und zwar ein Ablenkungsmanöver.

»Ey! Passt bloß auf!«, stoße ich also aus und richte dabei meinen Blick erschrocken über ihre Köpfe hinweg.

Wie drei Ballerinapüppchen (nur nicht so anmutig) drehen Jane, Michelle und Franzi sich um, und ich zwänge mich blitzschnell an ihnen vorbei.

Flugs husche ich in den Toilettengang und verbarrikadiere mich in einer freien Kabine.

Während ich mich erleichtere, ertönt rund um mich herum albernes Gekicher und Geschnatter. Es geht um BH-Größen, Tamponsorten, Erzfeindinnen und irgendwelche süßen Jungs. Ich bin jedenfalls heilfroh, als ich fertig bin und wieder auf den Pausenhof hinauskann.

Aber dann ertönt der Gong genau in dem Moment, als ich mit Händewaschen fertig bin, und ich entscheide mich dafür, eine Abkürzung durchs Schulgebäude zu nehmen und May und Anna am Seiteneingang abzufangen. Dass dies ein böser Fehler ist, merke ich leider erst, als die Toilettentür hinter mir zugefallen ist, und mich jemand an meinem Hoodie festhält.

Natürlich denke ich sofort, dass Jane, Michelle und Franziska die Übeltäterinnen sind, und fahre mit geballten Fäusten herum, fest entschlossen, notfalls einer von ihnen auf die Nase zu hauen.

Doch blöderweise sehe ich mich nicht meinen nervigen Klassenkamerdinnen gegenüber, sondern Julius! Und der hält nicht nur mein Shirt noch immer umklammert, sondern auch mich so fest an sich gepresst, dass ich die Härchen seiner Augenbrauen zählen könnte.

»Was fällt dir ein!«, blaffe ich. »Lass mich los, du Blödmann!«

»Wieso denn?«, gibt Julius grinsend zurück, schiebt seine andere Hand in meinen Nacken und fängt an, mit meinem Zopf zu spielen. »Kleiner Kuss gefällig?«

»Das traust du dich nicht«, knurre ich.

Doch Julius' dusseliges Grinsen wird nur noch breiter.

»Und wie ich mich das traue«, sagt er leise. »Sollen wir wetten?«

Und noch ehe ich Piep sagen oder sonst irgendwie Protest anmelden kann, legt Julius mir seine Lippen tatsächlich direkt auf den Mund.

Hinter mir ertönt ein unterdrücktes Kichern, und jemand rennt mit stampfenden Schritten davon.

Wut und Ekel schießen in mir hoch. Irgendwie schaffe ich es, eine Hand zu befreien. Ich balle sie zur Faust und will gerade auf Julius' Brust eintrommeln, als er mich loslässt und ziemlich unsanft von sich wegschubst.

»Du und deine Freundinnen, ihr seid ganz schön aufdringlich, weißt du das eigentlich!«, knurrt er mich an, dann dreht er sich um und taucht in den nächsten Quergang ab.

Wie benommen starre ich ihm hinterher. Ich fasse einfach nicht, was hier gerade passiert ist. Dass Julius es tatsächlich gewagt hat, mich zu küssen! Okay, es war kein richtiger Kuss. Genau genommen haben mich seine Lippen eigentlich nur berührt – ohne sich dabei auch nur ansatzweise zu bewegen. Umso mehr frage ich mich natürlich, was das Ganze sollte.

»So ein Mist!«, fluche ich. »Du Idiot!«

Vor Wut fange ich an zu heulen.

Wieso ist eigentlich nie jemand in der Nähe, wenn man Hilfe braucht? Anna und May habe ich natürlich auch verpasst!

Plötzlich fällt mir das Kichern wieder ein. Ich sause herum, aber inzwischen ist so viel Zeit vergangen, dass derjenige, der vor einer halben Minute noch dort gestanden und sich über meine missliche Lage amüsiert hat, längst über alle Berge ist.

Ich lasse mich gegen die Wand fallen, reibe mir die Augen trocken und versuche, mich zu fangen.

Ganz kurz spiele ich mit dem Gedanken, ins Sekretariat zu huschen und der fürsorglichen Frau Lerchenbrink heftige Bauchschmerzen vorzuspielen, verwerfe diese Idee aber sofort wieder.

»Kneifen gilt nicht«, murmele ich. »Du bist doch kein Feigling.«

Außerdem muss ich verhindern, dass Julius oder sonst jemand irgendwelchen Mist herumposaunt, bevor ich Maylin erzählen kann, was passiert ist.

Oh. Mein. Gott. Davor graut mir jetzt schon.

Ich warte noch einen Moment, bis das Brennen in meinen

Augen nachgelassen hat, dann trabe ich in Richtung Klassenraum.

Vor der Tür halte ich kurz inne und lausche.

Zum Glück scheint es ziemlich ruhig da drin zu sein. Alles, was ich vernehme, ist eine etwas undeutlich sprechende, tiefe Männerstimme.

Beherzt öffne ich die Tür.

Herr Wiebel, den ich bisher nur vom Sehen kannte, runzelt die Stirn. »Ja, bitte?«

»Ich bin Emely … und …«

Eigentlich will ich meinen neuen Geschichtslehrer anschauen (schließlich bin ich ein höflicher Mensch), doch irgendwie landet mein Blick automatisch zuerst bei Anna und May und dann bei Julius. Wie der King of Baltimore thront er nun neben meiner besten Freundin Nummer eins auf dem Platz, auf dem in der letzten Stunde noch Maylin gesessen hatte, und grinst mich kackfrech an.

»Und?«, fragt Herr Wiebel.

Aus dem Augenwinkel sehe ich, dass er die Arme vor der Brust gekreuzt hat und ziemlich ungeduldig mit seinem Fuß auf und ab wippt.

Jane, Franzi, Michelle und ein paar andere fangen an zu lachen – was die Laune unseres Geschichtslehrers allerdings nicht unbedingt verbessert.

»Darf ich erfahren, was so lustig ist?«, poltert er.

»Nein«, erwidert Julius. »Ich habe ein Recht auf Unterricht und ich bestehe darauf, ihn zu erhalten.«

»Pfff«, mache ich, husche eilig auf Maylins Tisch zu und lasse mich auf den Stuhl neben ihr sinken.

»Joh! Joh! Joh!«, johlt Lennis und wirft seine Arme rhythmisch in die Luft.

Mesut und ein paar der anderen Jungs schmeißen sich fast weg vor Vergnügen.

Unterdessen spaziert Herr Wiebel zu seinem Pult, holt das berüchtigte dunkelblaue Büchlein aus seiner Aktentasche und fängt an, darin herumzublättern. Erfahrungsgemäß wird es trotzdem eine Weile dauern, bis die Jungs mit ihrem Gegeifer aufhören. – Meinetwegen. Hauptsache, Julius hockt mir nicht mehr auf der Pelle.

Ich ziehe meinen Rucksack zu mir rüber und krame mit zitternden Fingern mein Schreibzeug heraus. Dabei mustere ich Maylin möglichst unauffällig.

Sie ist weiß wie die Wand hinter uns, und ihr Atem geht stockend, aber ich traue mich nicht, sie zu fragen, was los ist. Klar, Julius hat ihr mehr als deutlich gezeigt, dass er nicht neben ihr sitzen will. Ich kann mir allerdings kaum vorstellen, dass sie nur deshalb so fertig ist. Garantiert ist während meiner Abwesenheit noch mehr passiert. Und schon klopft mir das Herz bis zum Hals.

»Es tut mir wirklich sehr leid, dass du gleich in meiner ersten Unterrichtsstunde nicht auf deine Kosten gekommen bist«, wendet Herr Wiebel sich nun mit lauter Stimme an Julius. »Um diesen unglücklichen Umstand zumindest ein wenig zu kompensieren, liest du bis zur nächsten Stunde bitte das Kapitel über Napoleons Machtergreifung und schreibst eine kleine Zusammenfassung.« Lennis und die anderen Jungs verstummen auf der Stelle.

»Öhm …«

Julius' Hand erhebt sich langsam, aber Herr Wiebel lässt ihn nicht zu Wort kommen.

»Besonders schön wäre es, wenn du deinen Klassenkameraden dann auch darüber berichten könntest, wie er später im Feldzug gegen Russland …« Er bricht ab und nickt Maylin zu, die sich inzwischen ebenfalls meldet. »Ja, bitte …?«

»Wie wäre es, wenn ich Julius dabei helfe?«, schlägt sie vor.

Nein!, denke ich, falte die Hände unter dem Tisch und fange an zu beten: Bitte, bitte nicht!

»Das ist doch ein superinteressantes Thema«, fährt May derweil fort. »Wenn Sie uns zwei Wochen Zeit geben, könnten wir zusammen ein richtig tolles Referat ausarbeiten!«

»Gut«, sagt Herr Wiebel. »Einverstanden.« Er zückt seinen Kuli und kritzelt etwas in seine Unterlagen. »Wenn du mir jetzt bitte noch deinen Namen sagen würdest …«

Schüleraustausch und Fototrouble

»Das ist jetzt nicht wahr, oder?«

Fassungslos starrt Anna auf ihr Handy.

Die Geschichtsstunde ist gerade vorbei. In wenigen Minuten beginnt Englisch bei Frau Gussack, die ganz neu an unserer Schule zu sein scheint.

»Was ist denn?«, frage ich, da sehe ich bereits Julius' breit grinsendes Gesicht.

Unsere Blicke kreuzen sich für eine Millisekunde – Zeit genug für ihn, mir ein Kussmündchen zuzuwerfen.

Ich schieße ein paar Zornfunken auf ihn ab, doch leider beeindruckt ihn das überhaupt nicht.

»Ich hatte in der großen Pause übrigens ein kleines Rendezvous mit Emely«, sagt er langsam und so genüsslich, als würde jedes einzelne Wort nach heißen Himbeeren mit Vanillesoße schmecken.

»Das sehe ich«, kommt es von Anna, die es jetzt sehr eilig hat, ihr Handy in ihrem Rucksack zu versenken.

Maylin ist noch immer (oder schon wieder?) kalkweiß um die Nase. Nervös kaut sie auf ihrem Bleistift herum.

»Okay«, sage ich und pike mit dem Zeigefinger in Julius' Richtung. »Er nennt es vielleicht Rendezvous … Wenn ihr mich fragt, ist es eher so gewesen: Dieser Arsch hat mich einfach festgehalten und … geküsst.«

»Ach ja?«, spottet Julius. »War es nicht eher umgekehrt?«

»Ganz sicher nicht!«, fauche ich, während Maylin neben mir immer mehr in sich zusammensackt.

Jane, Michelle und Franziska machen ebenfalls mit ihren Handys rum und kriegen sich nicht mehr ein vor Gegacker.

»Verdammt noch mal, was ist hier eigentlich los?«, brülle ich, und plötzlich starren mich alle an.

»This I'd like to know, too«, erwidert eine große schlanke Frau mit kurzen schwarzen Haaren und einem ausgeprägten Grübchen im Kinn, die plötzlich wie eine Fata Morgana in unserem Klassenraum steht.

»Sit down and shut your mouths, please«, fährt sie fort, während sie das Lehrerpult ansteuert. »My name is Antonia Gussack. I'm your new English teacher.«

»Uff«, stöhnt Mesut, und Jane verdreht die Augen.

Im Laufe der Stunde zeigt sich aber, dass Frau Gussack gar nicht so übel ist. Außerdem fällt es kaum auf, dass sie fast nur Englisch mit uns spricht, denn irgendwie kriegt sie es hin, ausschließlich die Wörter zu benutzen, die wir bereits kennen und verinnerlicht haben. Sie ist freundlich und aufgeweckt und außerdem noch ziemlich jung (höchstens dreißig). – Und sie hält eine ziemlich geniale Überraschung für uns bereit.

»In diesem Schuljahr dürfen fünfundzwanzig Siebtklässler an einem Schüleraustausch mit Londoner Gesamtschulen teilnehmen«, verkündet sie am Ende der Stunde. »Voraussetzung ist, dass ihr über entsprechende Sprachkenntnisse verfügt, denn ihr werdet in allen Fächern auf Englisch unterrichtet.«

»Klar«, kommt es von Lennis. »Es geht also wieder mal nur nach Noten.«

»Das ist nicht ganz richtig«, erwidert Frau Gussack. »Jeder von euch, der an einem Austausch interessiert ist, kann einen Antrag stellen. Ihr werdet dann zu einem Test eingeladen.«

»Toll«, brummt Michelle. »Ich liebe Tests.«

»Ach, das ist alles halb so wild«, meint Frau Gussack lächelnd. »Es werden dabei nämlich ausnahmsweise weder Vokabeln noch Grammatikregeln abgefragt.«

Für Anna ist sofort klar, dass sie sich um einen Austausch-Platz bewerben wird, schließlich ist Englisch ihr Lieblingsfach, und natürlich nehme auch ich mir ein Antragsformular mit. Erstens ist London eine coole Stadt, und zweitens wäre es *die* Gelegenheit, Oma und Opa Prinsloo endlich einmal wiederzusehen.

Maylin scheint sich noch nicht sicher zu sein – vielleicht ist sie mit ihren Gedanken aber auch ganz woanders. Jedenfalls läuft sie am Pult vorbei, ohne sich ein Formular vom Stapel zu nehmen. Also schnappe ich mir noch ein zweites für sie. – Sicher ist sicher.

»So, und jetzt zeig bitte mal, was du vorhin auf deinem Handy bewundert hast«, fordere ich Anna auf, als wir das Schulgelände hinter uns gelassen haben und sich keiner unserer Klassenkameraden mehr in Sichtweite befindet.

»Na was wohl?«, faucht Maylin. »Deine Knutscherei mit Julius.«

»Hallo!«, stoße ich aus. »Ich habe nicht mit ihm geknutscht! *Er* hat *mich* geküsst … Oder zumindest hat er so getan.«

»Schlimm genug«, befindet Anna.

»Habt ihr es etwa gesehen?«, frage ich. »Und fotografiert?«

»Nee, aber der Zickendreier«, gibt Anna zurück. »Jedenfalls hat Michelle es mir in einer MMS geschickt.«

Ich glaub, es hackt!

»Wieso hat die denn deine Nummer?«

»Ja, sorry«, blafft Anna. »Sie hat sie halt immer noch. Schon vergessen ... Wir hatten alle unsere Nummern. Falls Unterricht ausfällt oder sonst irgendwas Wichtiges ist.«

»Also, *ich* habe die von Jane, Michelle und Franzi längst gelöscht«, betone ich. »Und zwar schon vor Monaten!«

»Denkst du etwa, ich nicht?«, faucht Anna mich an. Sie stoppt mitten auf dem Bürgersteig, und May und ich bleiben ebenfalls stehen. »Diese blöden Zicken haben unsere Nummern aber offenbar behalten. Trotzdem ist mir völlig schleierhaft, was das soll ... also, wieso Michelle mir das Foto geschickt hat.«

»Mir nicht«, sage ich mit einem Blick auf Maylin, die so aussieht, als würde sie jeden Augenblick explodieren. »Die wollen einen Keil zwischen uns treiben. Über unsere Hoodies haben sie sich auch schon lustig gemacht, und ...«

»Wann?«, fällt Anna mir ins Wort.

»Na, vorhin, als ich alleine auf dem Klo war. Vor dem Pinkeln bin ich denen in die Arme gelaufen, und hinterher hat Julius mich überfallen.«

Ja, so muss man das wohl nennen!

Anna erwidert nichts, sondern sieht mich nur an. Um ihre Augen zuckt es, und bei jedem Atemzug blähen sich ihre Nasenlöcher. Jeder einzelne Muskel in ihrem Gesicht scheint zu arbeiten.

»Eigentlich müsste man es melden«, presst sie schließlich hervor. »Wenn es so war, wie du sagst …«

»Ja, klar war es so!«, brülle ich. »Oder glaubst du etwa allen Ernstes, dass ich mich Julius an den Hals geschmissen habe?«

Anna schüttelt den Kopf. »Nein. Natürlich nicht.«

»Besonders überzeugt klingt das ja nicht gerade!«, fauche ich.

»Du darfst es nicht melden«, sagt Maylin plötzlich ganz ruhig. »Wenn du das tust …« Sie bricht ab und senkt den Blick.

»Was dann?«, knurre ich. »Kündigst du mir die Freundschaft? Oder was?«

»Nein«, erwidert sie leise.

Auch das hört sich nicht wirklich ehrlich an.

»Natürlich melde ich es nicht«, sage ich, nachdem ich ein paarmal nach Luft geschnappt habe. »Wem denn auch?«

»Na, der Schnacke zum Beispiel«, schlägt Anna vor. »Sie ist unsere Klassenlehrerin.«

»Pfff!« Ich zeige ihr einen Vogel.

»Du könntest wenigstens mit ihr reden.«

»Nein«, mischt May sich erneut ein. »Ich will, dass das Foto gelöscht wird. Und dann rede *ich* mit *Julius*. Ich meine, ich muss mich ja sowieso mit ihm treffen … Damit wir das Referat machen können … und so.«

Ich verwette meinen Hintern, dass er sich darum drückt, liegt es mir auf der Zunge. Aber ich schlucke es hinunter.

Es ist sowieso sinnlos. Soll May sich halt weiter von Julius dissen lassen. Sie wird todunglücklich sein, und allein das Wissen, dass es genauso kommen wird, reißt mir bereits einen Riesenkratzer ins Herz. Aber was soll ich tun … außer Julius beim nächsten Mal volle Kanne eins vor die Mappe zu ballern?

Für den Rest unseres Heimwegs ist Schweigen angesagt. Jede grübelt vor sich hin, und selbst nachdem Anna und ich uns an der Bushaltstelle von May verabschiedet haben, reden auch wir außer »tschüs, bis später« kein Wort mehr miteinander.

Tja, und zu Hause empfängt mich gleich die nächste Überraschung.

Im Wohnzimmer sitzen nämlich in allerfriedlichster Eintracht Moms, Pops, seine Freundin Tanja, mein echter Bruder Teo und mein neuer Leih-Bruder Phineas beisammen.

Ich bin so verdattert, dass mir die Kinnlade herunterklappt.

»Was ist denn hier los?«

»Das siehst du doch, Prinzessin«, meint Pops.

Er steht vom Sofa auf und kommt lächelnd auf mich zu, nimmt mich in den Arm und küsst mich auf beide Wangen. – Was er noch nie getan hat!

»Nö, das sehe ich nicht«, stammele ich. »Wieso hockt ihr hier plötzlich alle zusammen? Ihr kennt euch doch überhaupt nicht.«

»Eben«, erwidert Moms. »Das möchten wir nämlich gerne ändern.«

»Aber …«, sage ich noch einmal. Mehr fällt mir auf die Schnelle nicht ein.

Phineas zwinkert mir zu, und Teo neben ihm rückt ein Stück zur Seite, damit ich mich ebenfalls aufs Sofa hocken kann, aber ich denke gar nicht daran, mich zwischen die beiden Jungs zu quetschen.

Stattdessen begrüße ich Tanja Reffzen (vermutlich ein wenig steif) und hocke mich dann zu meiner Mutter auf die Sessellehne.

»Und?«, frage ich, nachdem offenbar auch sonst niemand etwas von sich geben will, und alle sich nur noch auf das Mich-Anstarren konzentrieren.

»Wir haben hier eine schöne Wohnung gefunden«, sagt Pops. »Nächste Woche ziehen wir ein.«

»Was?«, rufe ich verblüfft. »Wieso denn das?«

Natürlich habe ich gewusst, dass er nicht ewig an der Nordsee bleiben, sondern irgendwann wieder in unsere Stadt zurückkommen würde, aber ich habe im Traum nicht damit gerechnet, dass es so schnell und ohne jede Vorwarnung passiert – und vor allem nicht, dass Tanja Reffzen und Phineas gleich mit von der Partie sind.

»Und was ist mit der Pension?«

»Na ja …« Mein Vater zuckt die Achseln. »Bis zum Ende der Nebensaison wird Tanja natürlich hauptsächlich noch dort sein müssen. Um die Herbstgäste kümmert sich Gerti dann allein, und ab Januar ist ja sowieso für zwei Monate geschlossen.«

»Ja, aber danach …«, beginne ich aufs Neue.

»Immer schön eins nach dem anderen«, meint Pops lächelnd. »Das Wichtigste ist doch, dass Phin jetzt erst mal eine feste Anlaufstelle hat.«

»Ach, und die bist dann du, oder wie?«, platze ich heraus.

»Ja, natürlich«, erwidert er und lässt sich nun an meiner

Stelle zwischen die Jungs aufs Sofa sinken. Kumpelhaft legt er ihnen seine Arme um den Nacken. »Wir Männer müssen doch zusammenhalten, oder etwa nicht?«

»Sehr witzig«, brumme ich und will vom Sessel aufspringen, aber Moms hält mich zurück.

»Phineas wird mit Teo zusammen zur Schule gehen«, erklärt sie mir. »Möglicherweise kommt er sogar in dieselbe Klasse. Das entscheidet sich morgen.«

»Aha ...« Während ich all diese Neuigkeiten im Turbodurchgang zu verarbeiten versuche, schüttele ich unentwegt den Kopf. »Wann habt ihr das eigentlich alles ausgeheckt?«

Und wieso erfahre ich das mal wieder als Letzte?, setze ich in stummer Empörung hinzu.

»Es hat sich alles sehr kurzfristig ergeben«, sagt Pops. »Die Wohnung haben wir uns letztes Wochenende angeschaut. Vorgestern haben wir den Mietvertrag unterschrieben, und gestern Abend habe ich dann mit deiner Mutter telefoniert. Tanja und ich sind wirklich sehr glücklich darüber, dass sie bereit ist, Phin für die Zeit bis zum Umzug bei euch aufzunehmen. Es wäre ja wirklich blöd, wenn er jetzt noch für drei Wochen ins Internat müsste!«

Wow! Phin wird also bei uns wohnen. Vermutlich ab sofort.

Im ersten Moment weiß ich nicht, ob ich mich über all diese wunderbaren Neuigkeiten freuen oder alternativ lieber einen Tobsuchtsanfall bekommen soll.

Klar ist es toll, dass Pops seine Residenz in Tanjas Pension an der Nordsee aufgibt und schon bald wieder in unserer Nähe wohnen wird. Und mit zwei Brüdern in einem Haus werde ich auch irgendwie klarkommen. Schließlich ist es nicht für immer.

Trotzdem ist mir das Ganze insgesamt zu viel Harmonie auf einmal. Fehlt bloß noch, dass Moms und Tanja jetzt auch noch zusammen einen Häkelkurs besuchen!

Aber das kann ich natürlich nicht äußern, ohne ein Drama heraufzubeschwören. Und so halte ich meine Klappe und frage nur:

»Und wo genau soll Phin bei uns wohnen?«

Moms' Hand gleitet über meinen Rücken.

»In Pops früherem Arbeitszimmer … würde ich vorschlagen.«

»Okay«, sage ich. »Einverstanden.«

In meinem Kopf jedoch, vor allem aber in meiner Brust, fliegt alles durcheinander.

Nach dem familiären Vorgespräch im Wohnzimmer essen wir ebenfalls alle zusammen zu Mittag. Moms hat einen Riesentopf Spaghetti gekocht und drei verschiedene vegane Soßen kreiert. Dazu gibt es einen bunten Blattsalat.

Tanja kriegt sich gar nicht mehr ein vor Begeisterung, und selbst Phin scheint es ganz hervorragend zu schmecken. Er probiert alle drei Soßen aus und verputzt insgesamt vier Teller.

Mir ist dieser ganze Familien-Schmu nach wie vor nicht geheuer, und ich bin heilfroh, als ich mich endlich abseilen und in mein Zimmer verdrücken kann.

Ich schließe die Tür ab, schnappe mir mein Handy und lasse mich auf mein Bett fallen.

Mit irgendjemandem muss ich jetzt sprechen. Bloß mit wem?

Der Dampf zwischen Anna und mir wegen dem Kuss-Foto und dem Umgang damit ist noch nicht völlig verraucht. Außerdem würde sie wahrscheinlich sofort wieder versuchen, mich mit Phineas zu verkuppeln, wenn sie hört, dass er die nächsten drei Wochen bei uns wohnen wird.

Solange Maylin dermaßen fehlprogrammiert ist, kann ich sie ebenfalls vergessen. Hoffentlich gehen ihr Julius betreffend möglichst schnell die Augen auf, und noch dreimal mehr hoffe ich, dass sie nicht völlig durchdreht, wenn sie merkt, dass sie tatsächlich absolut null Chancen bei ihm hat. Das Beste wäre wirklich, wenn sie den Schüleraustausch mitmacht. Ich glaube nämlich nicht, dass Julius' Englischkenntnisse ausreichen, um einen der begehrten 25 Plätze zu ergattern.

Da Anna und May also für ein Krisengespräch ausfallen, bleibt jetzt eigentlich nur noch Jona – obwohl die Sache mit Birke nach wie vor nicht geklärt ist und ich ihn eigentlich mit einem gefakten Händchenhalte-Freund zur Weißglut, beziehungsweise zur Erkenntnis bringen wollte. Dummerweise ist meine Planung in dieser Sache noch keinen Millimeter vorangekommen.

»Verschieb es, Em«, murmele ich. »Oder lass es ganz sein und überleg dir etwas anderes.«

Annas, Mays und meine schöne gemeinsame Zeichen-Setz-Aktion mit den Kapuzenpullis ist ja bereits der größte Reinfall aller Zeiten gewesen. Eigentlich wollten wir so richtig auftrumpfen, stattdessen haben sich Franzi, Michelle, Jane und vor allem Julius gefreut. – Nee, nee, so ungern ich mir das auch eingestehe, aber vermutlich ist es besser, wenn ich meine alltäglichen Sorgen und Probleme doch auf normalem Weg zu lösen versuche. – Und mich um all jene, die mir im Grunde sowieso egal sind, gar nicht weiter schere.

Weil bei mir immer die Gefahr besteht, dass ich mich innerhalb von wenigen Sekunden von meinen gerade gefassten Vorhaben selbst wieder abbringe, mache ich Nägel mit Köpfen und schreibe Jona eine Nachricht über WhatsApp.

Können wir uns heute treffen?

Danach lege ich das Handy beiseite und bemühe mich nach Leibeskräften, es zu ignorieren. – Was mir natürlich nicht gelingt, und so muss ich ein gefühltes Jahrtausend auf Jonathans Antwort warten.

Wann?

Am besten sofort, denke ich, tippe aber:

Um drei am Skateplatz?

Besser nicht, schreibt Jona zurück.

Was?, frage ich. *Um drei oder am Skateplatz?*

Beides.

Na toll!

Gegenvorschlag?, frage ich und wieder muss ich mich gedulden.

Um fünf bei dir?

Aber ich muss hier raus! Wenigstens für eine Weile.

Trotzdem tippe ich: *Okay.*

Was Jona betrifft, habe ich inzwischen gelernt, kleine Brötchen zu backen.

Zum ersten Mal bedauere ich es, keine Hausaufgaben aufbekommen zu haben. Aus lauter Verzweiflung wiederhole ich ein paar Übungen aus unserem alten Englisch-Grammatikheft und staube danach sogar noch mein Regal ab.

Damit bin ich eine ganze Weile beschäftigt, weil ich ziemlich viel Krimskrams besitze, der hin und her geräumt werden muss. Außerdem sabotiert Missie H. meine Säuberungsaktion nach Leibeskräften, indem sie dem Staubwedel den Kampf ansagt und ihn ständig aus einem Hinterhalt anspringt und in ihre Gewalt zu bringen versucht.

Um kurz vor vier sind meine Katze, der Staubwedel und ich dann so erschöpft, dass wir eine Kuschelrunde auf meinem Bett einlegen müssen. Es dauert keine fünf Minuten, und Missie H. schläft tief und fest, während ich bereits wieder putzmunter bin und mich nach Reinigung des letzten Regalfachs nach einer neuen Beschäftigung umsehen muss.

Natürlich könnte ich mich zum Zeitvertreib auch mit unserem Blog beschäftigen, aber ich möchte Anna und May nicht übergehen und irgendwas posten, das nicht mit ihnen abgesprochen ist.

Zwischendurch klebe ich immer mal wieder mit dem Ohr an meiner Zimmertür. Kaum zu fassen, dass Pops und Tanja es so lange hier aushalten, beziehungsweise, dass Moms den Anblick der beiden überhaupt erträgt.

Und dann – Überraschung! – steht Jona bereits um Viertel vor fünf auf der Matte.

»Hi!«, rufe ich lachend und kann mich gerade noch beherrschen, ihm nicht laut jubelnd um den Hals zu fallen.

»Alles in Ordnung mit dir?«, fragt er, schließt die Tür

hinter sich und sieht sich unschlüssig in meinem Zimmer um.

»Ja … Ähm, wie meinst du das?«

Verdammt, so etwas musste ich meinen weltbesten Kumpel früher nie fragen! Da verstanden wir uns blind. Aber seit Birke in unser Leben getreten ist, ist leider alles anders.

»Weil du … ähm, so komisch guckst«, erwidert Jona, ohne mich direkt anzusehen. (Wie will er da eigentlich wissen, wie ich gerade gucke?)

»Ähm … wie gucke ich denn?«

Oh, Mann, Em, geht's eigentlich noch!? Mir scheint, dass wir früher auch schon mal intelligentere Gespräche geführt haben!

»Na ja …«, sagt Jona.

Er schlägt einen Bogen um mich und steuert auf mein Bett zu.

»Hat Birke dich etwa verwanzt?«, entflutscht es mir.

»Hä?«

»Oder hat sie dich mit einer Kamera ausgestattet, die du immer bei dir tragen musst?«

Jona sinkt auf mein Bett und kratzt sich am Kopf. Missie H. öffnet ein Auge und fängt an zu schnurren.

»Na, wegen des Sicherheitsabstands, den du zu mir hältst«, erläutere ich ihm.

»Was? … Ach so! … Nee, ich dachte, dass du vielleicht …«

»Ich?«, frage ich.

Jonathan seufzt leise. Und während ich dumm (in meinem eigenen Zimmer!) rumstehe, krault er meine Katze hinter den Ohren.

»Warum wolltest du mit mir sprechen?«, erkundigt er sich schließlich.

»Na, also, hör mal, das hier ist keine Vorladung oder so«, sage ich. »Ich wollte dich bloß mal wieder treffen.«

»Hm«, macht Jona.

Er macht nicht den Eindruck, als ob er mir das glauben würde.

»Nein, stimmt nicht«, korrigiere ich mich also sofort. »Es ist, weil … Wer hat dich eigentlich ins Haus gelassen?«, frage ich hastig.

»Dein Bruder. Wieso?«

»Weil …«

»Jetzt rück schon raus damit«, fordert Jona mich auf.

»Phineas zieht bei uns ein«, sage ich, dabei wollte ich eigentlich mit meinem Vater und Tanja und der neuen Wohnung beginnen.

Stattdessen schießen mir plötzlich Tränen in die Augen.

»Phineas?«

Wieder kratzt Jonathan sich am Kopf (Das hat er früher nie getan!) und noch immer sieht er mich nicht richtig an. (Worüber ich gerade gar nicht mal sooo unglücklich bin.)

»D-du weißt schon«, stottere ich und gebe mir Mühe, nicht allzu heulerig zu klingen. »Der Typ von der Nordsee … Der Sohn von Pops' neuer Freundin, in deren Pension wir gewohnt haben. Die sind übrigens auch gerade hier«, füge ich nahtlos hinzu.

»Was? Hier? Im Haus?«, hakt Jona nach, und ich bin überglücklich, dass er die wesentlichen Zusammenhänge endlich von sich aus erkannt hat. Jetzt muss er nur noch die richtigen

Schlüsse ziehen – und zwischen uns könnte es beinahe schon wieder so wie früher sein.

»Das ist … ziemlich cool, oder?«

»Nein, Jona«, jaule ich. »Das ist es nicht!«

»Und wieso?«

»Weil meine Mutter Tanja Reffzen eigentlich hassen müsste«, fahre ich ihn an. »Und ich mich an Tanjas Stelle total unwohl fühlen würde. Dazwischen noch Pops, der so tut, als ob er Phin eigenhändig auf die Welt gebracht hat, und Teo, den das alles überhaupt nicht aufregt.«

»Au weia«, sagt Jona. »Und ich dachte, du wolltest mir sagen, dass du jetzt auch einen Freund hast.«

»Häää?!«

Na ja, also, genau genommen hatte ich das ursprünglich natürlich schon gewollt, aber das kann Jona schließlich nicht wissen. Oder hat er etwa die ganze Zeit gedacht, dass ich es auf Phineas abgesehen habe?

»Du brauchst dich nicht rauszureden, Em«, sagt er jetzt. »Ich weiß ja selbst, dass ich es verkackt habe.«

Mein Blick fliegt zu ihm.

»Wie meinst du denn das schon wieder?«

Jona kneift die Augen zusammen. »Heulst du?«, fragt er zögernd.

»Nein«, antworte ich und wische mir flüchtig mit dem Handrücken über die Augen. »Jedenfalls nicht richtig.«

»Ach, Emely.« Jonathan seufzt undendlich tief, so als müsste er eine Fuhre dunkelster Kohle aus einem seit Ewigkeiten zugeschütteten Schacht heraufholen. »Ich weiß doch längst Bescheid.«

»Worüber?«

Jona steht von meinem Bett auf, zieht sein Handy aus der Gesäßtasche und hält es mir unter die Nase.

»Hier.«

Ich muss nur ganz kurz aufs Display schauen, um das komplette Ausmaß der Katastrophe zu erkennen.

»Woher hast du das?«, hauche ich, bevor ich – fast – ohnmächtig werde.

»Anna hat es mir geschickt.«

»Okay«, sage ich und steuere auf die Tür zu.

»Was hast du denn jetzt vor?«, will Jona wissen.

»Sie umbringen. Was sonst?«

»Hey, warte doch mal!« Er hechtet mir nach und hält mich am Arm zurück. (Ooops! Ist er früher eigentlich auch schon so elektrisch aufgeladen gewesen?) »Es war keine Nachricht dabei«, sagt er und lässt mich so schnell wieder los, als hätte er ebenfalls eine gewischt bekommen. »Es könnte sich also auch um ein Versehen handeln.«

Das stimmt. Aber ich werde Anna auf jeden Fall darauf ansprechen. Und noch etwas: »Dieser Typ da auf dem Foto ist nicht mein Freund … obwohl ich zugeben muss, dass ich tatsächlich vorhatte, mir in der Schule jemanden auszugucken, von dem ich mir vorstelle, dass ich mit ihm zusammen bin.«

Jonathan guckt mich an, als hätte ich nicht alle Socken in der Schublade.

»Meinetwegen denk doch, dass mein Gehirn einen Totalschaden hat«, brumme ich.

Er nickt. »Genau das denke ich, Em. Exaktemente! … Und warum?«, fragt er dann.

»Um dich mit ihm zu nerven!«

Ich sehe Jona an, dass ihm ein weiteres »Warum?« auf den Lippen liegt, doch er spricht es nicht aus, sondern nickt. Präzise ausgedrückt: Er hört gar nicht mehr auf zu nicken.

»So, wie ich dich mit Birke nerve, stimmt's?«, schlussfolgert er, nachdem er eine Weile immer weiter nickend zwischen meinem Schreibtisch und dem Regal hin und her spaziert ist.

Missie H. öffnet ein Auge, richtet es auf Jona und fängt erneut an zu schnurren. Sie scheint sein Verhalten also völlig normal zu finden.

»Stimmt«, sage ich. »Wenn du dich endlich mal dazu durchringen könntest …«

»Es geht nicht, Em«, fällt er mir ins Wort. »Es tut mir leid, aber … ich kann es ihr nicht sagen.«

»Und wieso nicht?«

»Weil ich weiß, dass sie es nicht akzeptiert.«

»Sie würde also Schluss machen?«

Jona weicht meinem Blick aus und schweigt.

»Und trotzdem bist du verliebt in sie?«, mache ich unerbittlich weiter. Eigentlich will ich das nicht. Denn ich merke ja, dass es ihm wehtut. Aber es passiert einfach.

»Und Birke ist auch verliebt in dich …?«

»Keine Ahnung, Em«, presst Jona hervor, und als er mich jetzt wieder ansieht, hat er ganz rote Augen. »Ich weiß nicht mal, ob es darum geht.«

»Worum denn dann?«, fahre ich ihn an, denn nun quillt auch meine ganze Verzweiflung ungebremst aus mir heraus.

»Das musst du doch wissen«, erwidert er und tippt auf sein Handy, das er noch immer nicht in seine Hosentasche zurückgesteckt hat. »Wenn du schon jemanden küsst, der nicht mal dein Freund ist!«

»Jona!«, brülle ich und jetzt schreie ich wirklich richtig laut. In diesem Moment ist es mir sogar egal, wenn gleich alle mit dunkelrot rotierenden Alarmknöpfen auf dem Kopf in meinem Zimmer stehen: Moms, Pops, Teo, Phin und Tanja! Vielleicht wäre das sogar gut. »Nicht ich habe ihn geküsst, sondern er mich! Einfach so, weil er zufälligerweise gerade Lust drauf hatte!«

In Jonas Gesicht breitet sich Fassungslosigkeit aus. »Wie jetzt? … Wer ist dieser Typ überhaupt?«

»Er heißt Julius und geht in meine Klasse. *Vor* den Ferien war er einfach nur ein ganz normaler Blödmann«, rede ich mich in Rage. »*Während* der Ferien hat er sich offenbar in irgend so eine dämliche Muskelvergrößerungsmaschine gepackt und auf diese Weise wohl den Rest seiner ohnehin schon nicht gerade üppig vorhandenen Gehirnzellen gekillt.«

»Dann ist er also in dich … verliebt?«, fragt Jona tonlos.

»Keine Ahnung … In der Stunde hat er sich neben mich gesetzt … u-und in der Pause hat er mir aufgelauert … und die Zicken waren auch da und haben dieses Foto gemacht und es Anna geschickt …« Während ich mir all das zusammenstammele, bemerke ich, wie sich Jonathans Hände zu Fäusten ballen.

»Okay, Em«, würgt er mich mitten im Satz ab und jetzt klingt er fast schon beängstigend ruhig. »Morgen fahre ich mit zu dir in die Schule. Du zeigst mir diesen Julius, und ich sage ihm, dass er dich in Ruhe lassen soll.«

»Das ist süß von dir, aber ich glaube, das wird ihn nicht beeindrucken«, erwidere ich.

»Dann hau ich ihm eben eins vor die Mappe!«

»Jona!«, rufe ich (und zwar ein Drittel empört, ein Drittel gerührt und ein Drittel besorgt). »Der hat sich wirklich richtig fette Muckis antrainiert.«

»Na und«, sagt Jona entschlossen. »Ich komme trotzdem mit. Notfalls eben als dein Freund.«

Notfallprogramme

Den Rest des Tages laufen Jonathans Worte wie eine Endlosschleife durch meinen Kopf. Sie verfolgen mich bis in meine Träume und sind das Erste, was ich denke, als ich am nächsten Morgen die Augen aufschlage: *Notfalls eben als dein Freund.*

»Aber du bist doch mein Freund«, wäre es gestern fast noch aus mir herausgeplatzt, bevor mir glühend heiß klar wurde, dass er es höchstwahrscheinlich – vermutlich – möglicherweise – vielleicht völlig anders gemeint haben könnte.

Nachfragen und mich vergewissern habe ich dann aber auch nicht gewollt.

»Lass es einfach auf dich zukommen, Em«, rate ich mir, während ich hastig die Schulunterlagen zusammenraffe und in meinen Rucksack stopfe. Das habe ich gestern Abend vor lauter Jona im Kopf nämlich nicht mehr geschafft. »Am Ende regelt es sich schon von allein.«

Das hoffe ich zumindest.

Noch immer etwas konfus hinter der Stirnplatte trabe ich in die Küche, wo ich sowohl auf Moms als auch meine beiden Brüder treffe, die bereits schmausend am Frühstückstisch sitzen.

»Guten Morgen, Schwesterherz«, begrüßen sie mich im Chor.

»Witzig«, brumme ich und gieße mir Milch ein.

»Wir können natürlich auch ›Prinzessin‹ sagen«, meint Phineas augenzwinkernd. »Wenn es dir lieber ist …«

Ich werfe ihm einen finsteren Blick zu.

»›Emely‹ würde mir schon reichen«, knurre ich. »Nur weil du jetzt hier wohnen darfst und … keine Ahnung, vielleicht Teo imponieren willst … brauchst du dich ja nicht gleich wieder so aufzuspielen.«

»Emely!« Schneller als ich nach der Müslipackung greifen kann, baut meine Mutter sich vor mir auf. »So etwas möchte ich nie wieder hören!«, weist sie mich zurecht. »Das stelle ich mir nämlich nicht unter Gastfreundschaft vor.«

»Muss ich mir deshalb gleich alles gefallen lassen?«, fauche ich.

»Natürlich nicht«, erwidert Moms. »Aber deine Reaktion gerade fand ich wirklich ein wenig übertrieben.«

»Sie kennen ja auch die Hintergründe nicht«, springt Phin mir zur Seite und versucht über den Tisch hinweg, nach meiner Hand zu fassen. Mag sein, dass sein Arm zu kurz ist, vielleicht ziehe ich meinen aber auch zufällig genau in dieser Sekunde zurück, jedenfalls greift Phin ins Leere.

»Es tut mir leid, Em«, sagt er leise. »Ehrlich. Ich weiß auch nicht, wieso ich …«

»Schon gut«, unterbreche ich sein Gestammel und füge ein zugegebenermaßen etwas zweideutiges »Mir auch« hinzu.

Meine Mutter scheint sich damit jedoch zufriedenzugeben,

denn sie hat sich inzwischen einen Kaffee eingegossen und erkundigt sich nun nach unseren Stundenplänen.

Die stehen natürlich – wie immer so kurz nach Ferienende – noch nicht zu hundert Prozent fest. Außerdem ist ja auch noch gar nicht klar, ob Phineas tatsächlich zu Teo in die Klasse kommt. Jedenfalls nehme ich das Thema zum Anlass, um von dem bevorstehenden Schüleraustausch zu erzählen.

»Das passt doch prima«, findet Moms.

Sie studiert das Infoblatt mit großem Interesse und kündigt an, gleich heute Vormittag noch mit Oma und Opa Prinsloo zu telefonieren.

»Ich kann aber nicht bei ihnen wohnen«, stelle ich klar. »Man wird da bestimmten Familien zugeteilt, die Kinder im gleichen Alter haben. Die kämen irgendwann später dann zu uns in die Schule. Also, wenn ich da mitmache, müssen wir im zweiten Schulhalbjahr auch ein Mädchen oder einen Jungen bei uns aufnehmen.«

»Aber klar machst du das«, meint Moms. »Oder willst du gar nicht?«

»Doch«, sage ich. »Auf jeden Fall.«

So ein Schüleraustausch ist bestimmt eine superspannende Sache. Jetzt müssen Anna und ich Maylin nur noch dazu kriegen, dass sie den Test mitmacht.

Mir bleibt kaum Zeit, Anna alles zu erzählen, bevor unsere U-Bahn am Hauptbahnhof hält und Jona zusteigt.

Ich beginne mit dem Foto, und Anna fällt gleich aus allen Wolken.

»Scheibe, ich weiß echt nicht, wie das passieren konnte!«, schwört sie mir. »Mit Absicht habe ich das jedenfalls nicht gemacht. Das musst du mir bitte, bitte glauben, Em.«

»Tu ich«, versichere ich ihr, denn sie guckt so flehend, dass ich gar nicht anders kann.

»Vielleicht hat Lea mit meinem Handy rumgespielt«, überlegt sie. »Oder Sarah wollte mir eins auswischen.«

»Dann bestell ihr mal schöne Grüße«, sage ich. »Und erkläre ihr, dass sie mir mehr Schwierigkeiten bereitet hat als dir.«

Anna nickt und hebt seufzend die Schultern. »Und wenn sie's doch nicht war?«

»War nicht so ernst gemeint«, entgegne ich. »Es wird Zeit, dass ihr endlich umzieht und du dein eigenes Zimmer bekommst.«

»Allerdings«, bestätigt sie. »Was hat Jona denn überhaupt dazu gesagt?«

»Er fährt heute mit uns zur Schule und will Julius seine Meinung dazu verdeutlichen«, erwidere ich.

Anna zieht die Augenbrauen hoch. »Oh! Dann hast du nicht einfach so getan, als ob …«

Ich lasse sie nicht ausreden. »Nein, habe ich nicht. Er versteht auch so, dass sein Verhalten in Bezug auf Birke nicht in Ordnung ist.«

»Also habt ihr euch endlich ausgesprochen!«, ruft Anna. Sie knufft mich in die Seite, und ihre Miene hellt sich deutlich auf. »Wurde auch Zeit.«

»Hmm«, sage ich und schenke es mir anzumerken, dass es letztendlich ja trotzdem nicht viel ändert.

Stattdessen erzähle ich ihr noch rasch von unserer neuen Familiensituation. Früher oder später erfährt Anna es ja sowieso. – Wenn Teo es ihr nicht eh schon längst verklickert hat!

»Praktisch«, meint sie, und natürlich ist mir sofort klar, wie sie das meint, aber ich gehe nicht darauf ein, sondern sage: »Ich verstehe meine Mutter nicht.«

»Wieso? Frau Reffzen hat dich, Maylin und mich doch auch bei sich wohnen lassen.«

Ich winke ab. »Das ist was völlig anderes.«

»Findest du?«

»Allerdings«, brumme ich. »Wir waren schließlich nicht bei ihr zu Hause, sondern in der Pension.«

»Schon«, lenkt Anna ein. »Aber sie selbst wohnt ja nun mal ebenfalls dort«, argumentiert sie weiter. »Du kannst also gar nicht wissen, ob sie dich und Teo nicht auch privat bei sich aufgenommen hätte.«

»Und wenn schon. Tanja Reffzen hätte viel eher einen Grund, sich bei meinem Bruder und mir einzuschmeicheln, als meine Mutter bei Phin«, halte ich dagegen.

»Und wenn es ihr darum gar nicht geht?«, erwidert Anna. »Wenn sie einfach bloß nett sein will? Ich meine, deine Eltern sind ja nicht im Streit auseinandergegangen. Vielleicht macht es deiner Moms gar nichts aus, dass dein Vater eine neue Freundin hat, und sie möchte einfach nur, dass ihr euch alle gut versteht. Und bisher habt ihr das doch auch«, fährt sie fort. »Zumindest in den drei Wochen, als wir alle zusammen oben an der Nordsee waren.«

»Ja«, sage ich und richte meinen Blick zum Fenster.

Die U-Bahn rollt gerade in den Hauptbahnhof ein. Zuerst denke ich, dass Jona doch nicht gekommen ist, aber dann entdecke ich ihn neben der großen Anzeigetafel.

Er sieht mich ebenfalls und winkt mir zu.

»Wer hätte das gedacht«, meint Anna grinsend. »Jona hält tatsächlich Wort. Mann, bin ich gespannt, wie Julius reagiert!«

Auf dem Weg zur Schule kauen wir die gestrigen Ereignisse zu dritt noch einmal haarklein durch.

An der Bushaltestelle treffen wir dann Maylin, und die ist leider alles andere als begeistert, als sie hört, was Jonathan vorhat.

»Du wirst ihn nicht schlagen«, bläut sie ihm ein.

»Also, ich finde, er hat es nicht anders verdient«, meint Jona. »Außerdem verstehe ich nicht, wieso du …«

»Das musst du auch nicht«, sage ich schnell.

»Oh.« Mein bester Kumpel kneift die Mundwinkel ein. »Schon kapiert.«

»Doch nicht, was du denkst!«, springt Anna Maylin unaufgefordert zur Seite. »Sie muss mit Julius ein Referat halten.«

»Jona kann es ruhig wissen«, rückt May die Sache zurecht. »Ich liebe Julius *und* ich mache auch ein Referat mit ihm«, betont sie.

»Okay.« Jona bläht die Backen. »Tja dann …«

Er guckt mich ein bisschen dämelackig an.

»Was?«, frage ich irritiert, und blöderweise schießt mir prompt die Hitze ins Gesicht.

»Plan B«, sagt Jona und legt zögernd und so zaghaft, dass ich ihn fast überhaupt nicht spüre, einen Arm um meine Schulter. »Natürlich nur, wenn du einverstanden bist.«

»Ist sie«, antwortet Anna an meiner Stelle. »Ich halte das sogar für eine ganz ausgezeichnete Idee!«

Offenbar hat sie sofort geschnallt, was Jona meint. – Und ich Superhirn habe mich stundenlang mit dieser dusseligen Endlosschleife abgequält!

Dann betreten wir das Schulgelände, und plötzlich sind meine Knie total zitterig. Mein Bauch fängt an zu grummeln, und ich habe das dumme Gefühl, ganz dringend auf die Toilette zu müssen.

Doch es ist zu spät.

»Da hinten ist er«, sagt Anna und nickt in Richtung Haupteingang. »Ich glaube, er wartet schon auf dich.«

»Vielleicht will er aber auch mich wegen des Referats anquatschen«, äußert Maylin hoffnungsvoll.

Ich widerspreche ihr nicht. Dafür ist mir erstens viel zu schlecht, und zweitens würde es ohnehin nichts bringen.

Tatsache ist: Julius steht allein in der Gegend herum und er hat eindeutig uns im Visier.

Anna schiebt ihre Hand unter Maylins Achsel.

»Komm!«, raunt sie. »Wir setzen uns mal ein bisschen ab. Aber wir bleiben auf jeden Fall in der Nähe«, versichert sie mir.

Ich will etwas einwenden, doch leider arbeitet mein Gehirn nicht richtig. Ehe das erste Wort (na ja, eigentlich ist es eher ein Geräusch) über meine Lippen kommt, hat sie May bereits mit sich fortgezogen.

Jona und ich gehen weiter. Dabei drückt er mich noch etwas fester an sich. Und damit das Ganze nicht wie eine halbe Sache wirkt, lege ich ihm meinen Arm nun ebenfalls um die Hüften.

Julius stellt sich breitbeinig hin und schiebt die Hände in seine Hosentaschen. Mit provokativ vorgerecktem Kinn blickt er uns entgegen.

»Das bringt so nichts«, wispere ich. »Der wird dir eine reinhauen.«

»Wird er nicht«, widerspricht Jona. »Nicht auf dem Schulgelände, wo Lehrer das mitkriegen können.«

»Siehst du denn irgendwo einen?«

Jona schüttelt den Kopf. »Nee«, sagt er und deutet auf das Hauptgebäude. »Aber ich kann ja von hier aus nicht in die einzelnen Räume schauen. Wer weiß, vielleicht steht da irgendwo jemand am Fenster.«

»Und wenn nicht?«, frage ich.

Jona zuckt mit den Schultern.

»Steht Aussage gegen Aussage«, führe ich meine Überlegung fort. »Und wem werden sie dann wohl glauben? Einem Schüler der eigenen Schule oder einem fremden?«

Während wir diskutieren, verlangsamen wir allmählich unsere Schritte. Trotzdem sind wir mittlerweile kaum mehr als fünfzehn oder zwanzig Meter von Julius entfernt. Fast bilde ich mir ein, das wütende Blitzen in seinen Augen zu erkennen. Oder war es eher spöttisch?

»Du bist ja auch noch da«, meint Jona. »Und in der Regel sind Mädchen glaubwürdiger als Jungs.«

»Woher willst du das wissen?«

»Schätze ich einfach«, erwidert er. »Außerdem gibt es noch das Foto.«

»Das beweist gar nichts«, brumme ich.

»Stimmt«, bestätigt Jona seufzend.

Er bleibt stehen und guckt mich ganz komisch an. Als würde er schielen oder zumindest, als ob ihm total schwindelig wäre.

»Tut mir leid«, krächzt er.

»Was?«, krächze ich zurück, und ich denke schon, dass er sich jede Sekunde umdreht und aus dem Staub macht, aber dann spüre ich plötzlich seine Hand an meiner Wange. Sanft streicht Jona mir eine Strähne aus dem Gesicht und legt sie mir hinters Ohr.

»Ich fürchte, wir müssen ernst machen«, sagt er so leise, dass ich mich echt anstrengen muss, um es zu verstehen. »Damit er es auch wirklich glaubt.«

Und dann kleben auf einmal seine Lippen auf meinem Mund.

Mit einem Schlag werde ich von den Haarwurzeln bis zu den Zehennägeln stocksteif.

Was jetzt, Em? Was jetzt?, rattert es durch mein Gehirn.

Am liebsten würde ich meinen Mund ganz klein zusammenkräuseln, damit Jona bloß nicht denkt, ich würde ihn ernsthaft zurückküssen.

Aber das ist auch wieder doof. Und überhaupt: Was ist schon dabei? Wir kennen uns ewig, sind die allerbesten Kumpels, und abgesehen davon, will er mir schließlich nur helfen. Da kann ich mich doch nicht so zimperlich anstellen. – Oder?

Mensch, sag was, Em, sag endlich was, bettele ich mein oberschlaues inneres Ich an, während Jonathans Atem ziemlich angenehm über meine Wange pustet. Wahrscheinlich kriege ich das mit dem Mundkräuseln deshalb nicht richtig hin. Und sowieso sind Jonas Lippen viel zu warm und weich und dann schmecken sie auch noch nach Pfefferminz.

Ich mag Pfefferminz.

Und ich mag Jona.

Und wenn ich mir jetzt noch vorstelle, dass Birke hinter der Sportplatzhecke steht und uns heimlich beobachtet, geht das mit dem Küssen auf einmal wie geschmiert.

Mein Herz klopft. Meine Finger malen kleine Kreise auf Jonathans Rücken. Und mein Mund hört überhaupt nicht mehr auf zurückzuküssen … Bis die Stimme meines ehemaligen Mathelehrers ertönt.

»So, nun ist aber Schluss, ihr Turteltäubchen.«

Jona und ich springen auseinander, als wären wir zwei Magneten mit Gegenpolen.

»Entschuldigung«, stammele ich.

»Dafür nicht«, erwidert Herr Ruhwei. Er scheint sich prächtig zu amüsieren. »Ich hätte es auch ganz bestimmt nicht gewagt, euch zu stören, wenn es nicht bereits zum zweiten Mal gegongt hätte.«

»Tut mir leid«, sagt Jona.

»Nun, das hoffe ich nicht«, meint Ruhwei lächelnd, und ich merke, wie ich knallrot anlaufe.

Zum Glück ist außer uns vieren niemand mehr in der Nähe. Auch Julius nicht. Und weil es ja eh längst gegongt hat, laufe ich einfach ohne ein weiteres Wort an Jona (und an Herrn

Ruhwei sowieso nicht) los, reiße die Glastür auf und schlüpfe ins Schulgebäude. Auf dem Weg zum Klassenraum lasse ich mir dann allerdings etwas Zeit. Aufmerksam halte ich jeden Winkel im Auge und sehe mich alle paar Sekunden um, damit ich auch wirklich sicher sein kann, dass Julius mir nicht wieder irgendwo auflauert.

Außerdem muss ich unbedingt die peinliche Röte in meinem Gesicht loswerden, bevor ich mich unter meine Mitschüler wage.

Von der anderen Seite kommen mir schnelle klackernde Schritte entgegen, und als ich auf die Treppe zusteuere, sehe ich, dass es Frau Schnacke ist.

»Oh, Emely«, sagt sie. »Du bist noch gar nicht oben?«

»Sie ja auch nicht«, rutscht es mir heraus.

Erschrocken beiße ich mir auf die Unterlippe, aber meine Klassenlehrerin winkt ab.

»Du hast ja recht«, erwidert sie. »Wenn wir von unseren Schülern erwarten, dass sie pünktlich sind, sollten wir es selber auch sein. Wirst du dich eigentlich für den Schüleraustausch melden?«, erkundigt sie sich, während wir nebeneinanderher in den ersten Stock hinaufsteigen.

Ich nicke. »Glaub schon. Meine Großeltern leben ja in London.«

»Oh, das ist ja fantastisch, Emely. Darüber würde ich gerne nach der Stunde noch kurz mit dir und Anna sprechen. Es gibt nämlich eine kleine Änderung. Die infrage kommende Gesamtschule startet gerade ein kleines Sonderprogramm, und dadurch können wir am Ende eventuell nämlich sogar dreißig Quartanern die Möglichkeit für einen Schüleraustausch bieten. Dafür brauchen wir allerdings gewissermaßen Unterstützung«, fügt sie in einer geheimnisvollen Andeutung hinzu.

»Okaaay«, sage ich gedehnt.

Und dann nimmt die Katastrophe ihren Lauf …

Ganze und halbe Wahrheiten

Julius hat sich neben Mesut in die hinterste Reihe verzogen. Mit finsterem Blick aus zusammengekniffenen Augen verfolgt er mich bis zu meinem Platz neben Anna und Maylin.

Es ist ziemlich laut im Klassenraum. Alle quasseln durcheinander, und immer wieder ertönt aus irgendeiner Ecke ein unterdrücktes Kichern.

Kaum habe ich mich hingesetzt und meine Sachen auf den Tisch gepackt, schiebt Anna mir ein Zettelchen zu.

Was war DAS denn?

»Ruhe bitte!«, mahnt Frau Schnacke. »Holt euren Block und etwas zu schreiben heraus.«

Was?, schreibe ich zurück und bekomme von Anna prompt eine hübsche Zeichnung geliefert.

Emely ♥ Jona

Ich zeige ihr einen Vogel, woraufhin sie sich den Zettel schnappt und *wer's glaubt* draufkritzelt.

Leise stöhnend knülle ich ihn zusammen und lasse ihn in meinem Rucksack verschwinden. Unterdessen fischt Frau

Schnacke ein Stück Kreide aus dem Körbchen und klappt die Tafel auf.

Wie auf Kommando wird es mucksmäuschenstill im Klassenraum.

»Was ist los?«, fragt Frau Schnacke. Sie dreht den Kopf nach hinten und linst über ihre Schulter an sich herab. »Habe ich was auf meiner Rückseite?«

»Ja, Ihren fetten Hintern«, höre ich Julius' Stimme hinter mir.

Er sagt es nicht besonders laut. Trotzdem haben es einige meiner Mitschüler verstanden, und schon fangen wieder ein paar an zu feixen und kichern.

»Blödmann«, zischt Anna. »Ich kann euch gar nicht sagen, was ich am liebsten mit dem machen würde.«

Maylin hockt mit eingezogenem Hals und gesenktem Kopf über ihren Unterlagen und kaut auf einem dunkelblauen Filzer herum.

»Nun ja, solange es eurer guten Laune dient, soll es mich nicht weiter kümmern«, meint unsere Klassenlehrerin leichthin und zieht schwungvoll zuerst den rechten und dann den linken Tafelflügel auf.

Der Mittelteil ist von oben bis unten beschrieben.

»Oh, da hat wohl der Tafeldienst versagt«, bemerkt Frau Schnacke, greift nach dem Lappen und verharrt in ihrer Bewegung.

»Wir haben noch überhaupt keine Dienste festgelegt«, vermeldet Lennis.

Doch das interessiert gerade niemanden. Sämtliche Augenpaare sind nach vorn gerichtet. Auch die von Maylin.

Ach, verflucht! Ich wünschte, sie hätte weiter in ihre Unterlagen geschaut. Tja, und jetzt ist mir auch klar, wieso es eben, als Frau Schnacke die Kreide genommen hat, so still in der Klasse gewesen ist. Weil alle es gewusst haben. Alle außer Anna, May und mir.

Wie benommen starre ich die Tafel an. Und obwohl die Buchstaben vor meinen Augen tanzen, graviert sich jedes dieser schrecklichen Wörter unerbittlich in mein Gehirn ein.

Julius hasst Maylin!!!!!!!!!!!!

Er findet sie kindisch. Eklig. Hässlich. (Bäh!!!!!)

Er muss kotzen, wenn er sie sieht.

WÜRG

Sie ist vorne und hinten platt.

Niemand benimmt sich peinlicher als sie.

Maylin gehört weg. Julius ist unser Star.

für Julius	für Maylin
IIIIIIIIIIIIIIIIIIIIIIIIIIIIIII	II

Mein Blick fliegt sofort zu May. Am liebsten würde ich aufspringen, sie schützend an mich drücken und meinen Klassenkameraden klar und deutlich zu verstehen geben, was ich von ihnen halte. Aber irgendwie bin ich wie gelähmt, und Anna scheint es nicht anders zu gehen. Als wäre sie versteinert, sitzt sie da und starrt fassungslos zur Tafel. Auch Frau Schnacke ist total blass geworden. Um ihre Mundwinkel zuckt es, aber sie sagt keinen Ton. Und sie klappt auch die Tafel nicht wieder zu, sondern geht zum Lehrerpult und holt ein Handy aus ihrer Tasche.

Dann macht sie ein Foto. Von uns und von der Tafel.

Anschließend tippt sie auf dem Display herum und steckt das Handy wieder weg. Natürlich weiß ich es nicht, aber ich würde wetten, dass Frau Schnacke dem Direx eine SMS geschickt hat.

Maylin bricht schluchzend auf dem Tisch zusammen, und Anna legt ihr sofort einen Arm um die Schultern.

Ein paar Jungs lachen, und Jane, Franziska und Michelle stecken tuschelnd die Köpfe zusammen.

Frau Schnacke räuspert sich.

»Dass ihr damit für den Schüleraustausch nicht mehr infrage kommt, ist euch sicherlich klar«, beginnt sie, und ihrer Stimme ist anzuhören, wie sehr sie sich beherrschen muss. »Neben entsprechender Englischsprachkenntnisse ist ein ausgeprägt gutes Sozialverhalten Voraussetzung für die Teilnahme an einem solchen Projekt.«

»Geschissen«, sagt Julius.

Unsere Klassenlehrerin beachtet ihn nicht.

»Das können Sie doch gar nicht bestimmen«, kräht Jane. »Ich gebe meinen Info-Zettel auf jeden Fall ab. Und wenn ich den Test nicht mitmachen darf, beschwert mein Vater sich eben beim Direx.«

»Das kann er gerne tun«, erwidert Frau Schnacke. »Ich glaube allerdings nicht, dass er viel Erfolg damit haben wird. Es sei denn, einer dieser beiden stammt von dir«, fährt sie fort und deutet auf die zwei Striche unter *für Maylin.*

»Ts«, macht Michelle. »Da weiß ja wohl jeder, von wem die sind.«

Anna und ich tauschen einen Blick und schütteln beide den Kopf.

Dann heben wir jede eine Hand.

»Ja, bitte …« Frau Schnacke nickt uns zu. »Zuerst Anna, dann Emely.«

»Ich glaube, wir wollen das Gleiche sagen«, erklärt meine Freundin. »Natürlich sind wir mit Maylin befreundet. Aber wir haben die Striche dort nicht hingemacht. Wenn wir gewusst hätten, dass jemand so etwas an die Tafel schreibt, hätten wir ihn daran gehindert.«

»Ist klar«, knurrt Julius.

Er sitzt noch immer mit gekreuzten Armen und demselben finsteren Blick da. Anscheinend hat er sich vorgenommen, der Darth Vader unserer Klassengemeinschaft zu werden.

Anna dreht sich zu ihm um und blitzt ihn zornig an.

»Schon möglich, dass wir es nicht geschafft hätten«, zischt sie. »Nachdem du in den Ferien ja offenbar extra trainiert hast, um Mädchen überfallen und küssen zu können.«

»Moment mal …« Frau Schnacke kommt mit energischen Schritten auf unsere Tischreihe zu. »Keine Unterstellungen, bitte! Ich würde mich gerne an das halten, was dort an der Tafel steht. Denn das habe ich mit eigenen Augen gesehen. Wer es dort hingeschrieben hat und wer von euch sonst noch daran beteiligt war, werden wir hoffentlich herausfinden, und erst dann …«

»Das ist keine Unterstellung! Und das kann ich Ihnen auch beweisen«, schnaubt Anna. Ehe ich sie daran hindern kann, hat sie bereits ihr Smartphone hervorgeholt. »Gestern in der großen Pause hat Julius Emely festgehalten und sie gegen ihren Willen geküsst. Und heute Morgen hat er ihr unten vor dem Haupteingang wieder aufgelauert. Wäre ihr Freund nicht dabei gewesen, um sie zu beschützen, hätte er es womöglich wieder getan.«

»Pah!«, macht Julius.

Frau Schnackes Blick fliegt zu ihm. Sie macht einen Schritt in seine Richtung und öffnet den Mund, kommt aber nicht mehr dazu, etwas zu sagen. Denn in diesem Moment klopft es an die Tür, und kurz darauf tritt unser Schulleiter, Herr Kehler, in den Klassenraum.

»Julius Staucher, du kommst auf der Stelle mit in mein Büro«, sagt er im Befehlston.

»Ich denk ja gar nicht dran«, erwidert Julius. »Ich habe ein Recht auf Unterricht.«

»Das will dir auch niemand nehmen«, gibt unser Schulleiter zurück und deutet zur Tafel. »Jetzt möchte ich mich allerdings erst einmal unter vier Augen mit dir über diesen Vorfall hier unterhalten. Spätestens morgen werde ich dazu eine Klassenkonferenz einberufen. Und erst danach wird darüber entschieden, in welcher Ausbildungseinrichtung du dein Recht auf Unterricht zukünftig wahrnehmen darfst.«

Julius schießt von seinem Stuhl hoch.

»Sie spinnen ja wohl!«

»Ich denke nicht«, entgegnet Herr Kehler kühl. »Und wenn du deine Situation nicht noch weiter verschlimmern willst, solltest du jetzt besser die Chance nutzen, um die Sache zu erklären.«

Doch Julius rührt sich nicht. Mit versteinertem Gesicht und geballten Fäusten steht er da und starrt wütend ins Leere.

Da saust Maylin, die eben noch leise vor sich hin schluchzend auf dem Tisch gelegen hat, zu ihm herum und brüllt: »Jetzt mach schon, du Idiot! Sonst werfen sie dich noch von der Schule!«

Eineinhalb Deutschstunden später, in denen wir kein bisschen Unterricht gemacht, sondern nur geredet haben, bin ich so aufgewühlt, dass ich meinen Kopf am liebsten in ein dunkles Schrankfach legen und für eine Weile einfach über gar nichts mehr nachdenken würde.

Nachdem Julius von Herrn Kehler aus der Klasse geführt worden war, haben erst mal alle durcheinandergeredet. Anna und ich haben May in unsere Mitte genommen und mit Papiertaschentüchern versorgt. Unterdessen ist Frau Schnacke unschlüssig vor der Tafel hin und her gelaufen. Keine Ahnung, vielleicht wollte sie uns einfach bloß ein paar Minuten gewähren lassen, oder hat gehofft, dass wir uns von alleine wieder beruhigen. Jedenfalls ist es dann ausgerechnet Maylin gewesen, die als Erste zu reden angefangen hat.

»Wisst ihr was?«, hat sie gesagt und mit roten Augen und dunkelblauen Filzstiftpunkten auf der Unterlippe, aber hoch erhobenen Hauptes in die Runde geschaut. »Dass ihr mich alle nicht leiden könnt, damit komme ich schon klar. Aber das, was ihr da an die Tafel geschrieben habt, finde ich total gemein. Und feige ist es auch. Ihr habt euch ja nicht mal getraut, eure Namen darunterzusetzen.«

»Wir waren das ja auch nicht«, hat Ann-Kathrin daraufhin erwidert. »Ich habe jedenfalls keinen Strich unter Julius' Namen gemacht.«

»Aber du hast gewusst, dass es jemand dort angeschrieben hat«, habe ich ihr auf den Kopf zugesagt. »Vielleicht weißt du sogar, wer es war.«

»Na und?«, hat Mesut schulterzuckend gemeint. »War doch bloß ein Scherz.«

»Das sehe ich aber ganz anders«, hat Frau Schnacke sich eingeklinkt. »Für mich ist das eine sehr, sehr ernste Angelegenheit. Ich bin entsetzt und enttäuscht über euer Verhalten, und ich frage mich, was mit dieser Klasse passiert ist. Vor ungefähr einem Jahr noch habt ihr Mützen für Emelys und Annas Blog gebastelt, um Tieren, die in Not sind, zu helfen. Und heute macht ihr sie zu euren Mobbing-Opfern?«

Daraufhin ist eine heiße Diskussion entbrannt, die aber leider hauptsächlich aus Rechtfertigungen und Abwiegelungen bestand.

Das alles sei doch halb so wild und sowieso nicht wirklich ernst gemeint, und Frau Schnacke würde wirklich maßlos übertreiben.

Anna, May und ich haben uns das Ganze angehört und überhaupt nichts mehr dazu gesagt, weil wir es einfach nur endlos frustrierend fanden und überhaupt keine Lust hatten, uns mit unseren Klassenkameraden herumzustreiten.

Kurz bevor der Gong ertönte, hat Frau Schnacke dann gemeint, dass sie kurzfristig eine Elternversammlung einberufen würde und es auf jeden Fall eine Klassenkonferenz gäbe. Und zwar nicht nur wegen Julius.

Inzwischen haben alle den Klassenraum verlassen. Nur Anna, Maylin und ich sitzen noch auf unserem Platz.

Frau Schnacke zieht die Tür zu und schließt sie ab.

»Ich möchte jetzt von niemandem gestört werden«, erklärt sie, während sie einen Stuhl vom Nebentisch heranzieht und sich uns gegenübersetzt.

Besorgt richtet sie ihren Blick auf May.

»Geht es dir besser?«

Maylin nickt.

»Fühlst du dich in der Lage, heute bis zum Ende des Unterrichts hier in der Schule zu bleiben? Oder möchtest du lieber nach Hause fahren?«

Jetzt schüttelt May heftig den Kopf.

»Auf gar keinen Fall! Anna und Emely bleiben ja auch hier. Und sowieso«, setzt sie trotzig hinzu, »kneifen gilt nicht.«

Frau Schnacke lächelt. »Du bist wirklich sehr tapfer.«

»Hm«, macht Maylin. Sie putzt sich die Nase und rutscht unruhig auf ihrem Stuhl hin und her. »Können wir das Ganze nicht einfach vergessen?«

Unsere Klassenlehrerin hebt verwundert die Augenbrauen. »Warum möchtest du das?«

Maylin antwortet nicht, also sage ich, nachdem ich einen Moment mit mir gerungen habe: »Sie mag Julius und will nicht, dass er Ärger bekommt.«

»Das verstehe ich«, erwidert Frau Schnacke zu meiner Überraschung. »Aber es geht hierbei ja nicht nur um ihn, sondern betrifft die ganze Klasse. Außerdem halte ich es durchaus für möglich, dass Julius der Initiator ist.«

»Ach so, und deswegen wollen sie ihn von der Schule werfen«, braust Maylin auf. »Weil Sie denken, dass dann auch in der Klasse wieder Frieden herrscht, oder was?«

»Also, erstens kann ich eine so schwerwiegende Entscheidung nicht alleine treffen«, stellt Frau Schnacke klar. »Und zweitens würde ich persönlich gerne erst einmal andere, sehr viel konstruktivere Maßnahmen in Betracht ziehen. Aber dazu brauche ich Informationen. Es wäre also gut, wenn ihr mir sagt, was ihr wisst. Das hilft am Ende nämlich nicht nur euch, sondern vielleicht auch Julius.«

»Ja, vielleicht«, stöhnt May und macht eine unwillige Geste.

Selbst wenn ich meine ungeliebte Brille nicht auf der Nase hätte, könnte ich kaum übersehen, dass sie am liebsten aufspringen und aus dem Klassenraum laufen würde. Auch ich habe keine Lust auf dieses Gespräch mit Frau Schnacke. Was wird es schon bringen, außer dass am Ende noch mehr über uns gelästert wird? Schüler, um die sich die Lehrer besonders kümmern, sind bei ihren Klassenkameraden noch nie sehr beliebt gewesen. Und genau das spricht Anna jetzt aus.

»Unsere Klassenkameraden haben Maylin schon immer gedisst, sowohl vor als auch nach unserer Mützenaktion«, erklärt sie. »Und daran wird sich nichts ändern, wenn Sie sich auf unsere Seite stellen. Im Gegenteil.«

»Ich suche nicht nur eine Lösung für Maylin und euch, sondern für alle«, erwidert Frau Schnacke. »Schule ist schließlich kein Pappenstiel. Ihr müsst eine Menge leisten und das könnt ihr am besten innerhalb einer funktionierenden Klassengemeinschaft. Also …«, fährt sie fort und mustert mich dabei eindringlich. »Emely … würdest du mir bitte etwas genauer erzählen, was es mit Julius' Annäherung auf sich hatte …?«

»Das war nicht einfach bloß eine Annäherung«, presse ich hervor. »Keine Ahnung, woher er wusste, dass ich vom Pausenhof aus auf die Toilette gegangen bin. Jedenfalls hat er mich ungefähr fünf Minuten später drinnen auf dem Gang von hinten festgehalten und einfach … seinen Mund gegen meinen gedrückt«, setze ich leise hinzu. Denn das Ganze ist schließlich nicht nur ungeheuerlich, sondern auch ungeheuer peinlich und mir außerdem gegenüber Maylin noch immer total unangenehm.

»Nun gut«, meint Frau Schnacke und schaut einen Moment lang nachdenklich vor sich hin. »Mal sehen, wie Julius sich dazu äußert«, fährt sie schließlich fort. »Ich bin euch auf jeden Fall sehr dankbar, dass ihr so offen mit mir darüber geredet habt, und würde euch gerne einen Vorschlag machen. Es betrifft den Schüleraustausch …«

»Wollten Sie darüber nicht sowieso mit uns sprechen?«, hake ich sofort ein, denn ich bin mehr als froh, dass das Thema Julius zumindest vorerst vom Tisch zu sein scheint.

»Richtig, Emely.« Unsere Klassenlehrerin nickt. »Allerdings hatte ich bisher nur an Anna und dich gedacht. Inzwischen glaube ich jedoch, dass es ganz schön wäre, wenn wir Maylin mit einbeziehen. Vorausgesetzt natürlich, dass deine Großeltern in London damit einverstanden sind.«

»Aha …?«

Anna und ich tauschen einen Blick und sehen dann gespannt Frau Schnacke an.

»Also«, beginnt sie, »die Comprehensive School in Stockwell, mit der wir den Schüleraustausch planen, führt ab nächsten Montag spezielle Projektwochen durch, in denen die Schüler besondere Benefiz-Aktionen entwickeln. Und da habe ich natürlich gleich an euch, euren tollen Blog und den Einsatz, den ihr für Tiere in Not leistet, gedacht. Na, was meint ihr?«, fragt unsere Klassenlehrerin. »Wäre das nicht auch etwas für euch?«

»Ähm … Sie meinen, Anna, May und ich sollen da mitmachen?«, vergewissere ich mich. »Und schon nächste Woche nach London fliegen?«

Frau Schnacke lächelt und nickt.

»Genau das meine ich, Emely.«

»Viel Zeit zum Überlegen bleibt uns ja nicht«, sagt Anna, als wir uns mittags um zehn vor eins nach der Sportstunde auf den Heimweg machen.

»Die brauche ich auch nicht«, erwidert Maylin. »Ich mache da nämlich nicht mit.«

»Ich schon«, erkläre ich. Denn für mich ist Frau Schnackes Vorschlag so was wie ein Geschenk des Himmels. Etwas Besseres als jetzt und sofort für eine Weile von der Bildfläche zu verschwinden, kann ich mir im Moment gar nicht vorstellen.

»Du willst also tatsächlich kneifen«, brummt Maylin.

Sie bleibt stehen, zerrt sich ihren Sportbeutel von der Schulter, knurrt ihn an und knufft ihn dann samt Inhalt zu einem handlichen Päckchen zusammen.

»Was können denn deine Turnsachen dafür?«, fragt Anna kopfschüttelnd.

»Nix«, gibt Maylin zurück, öffnet ihren Rucksack und stopft das Sportbeutel-Päckchen energisch hinein. »Er hat mich bloß genervt.«

»Kann es sein, dass du sauer wegen Julius bist?«, hake ich vorsichtig nach.

»Nee«, behauptet Maylin. »Bin ich nicht.« Sie schultert ihren Rucksack und stapft weiter. »Er kann ja nichts dafür, dass er mich nicht mag.«

»Ich meinte ja auch nicht AUF Julius, sondern WEGEN Julius«, stellt Anna klar.

»Das habe ich verstanden«, grummelt May. »Und wenn ihr es genau wissen wollt: Ich bin sauer auf euch.«

»Aha«, sage ich. »Und wieso?«

Natürlich kann ich es mir ungefähr denken, würde es aber gerne ganz genau wissen.

»WEIL IHR KNEIFT!«, blafft sie uns an. »Das habe ich eben doch schon gesagt. Wenn wir jetzt abhauen, hilft das niemandem.«

»Doch«, widerspreche ich. »Genau das tut es. Zuerst bin ich ja auch dagegen gewesen, mittlerweile finde ich Frau Schnackes Vorschlag allerdings richtig gut.«

»Es bringt aber tatsächlich nicht viel, wenn du alleine fährst«, wendet Anna ein.

»Genau so sehe ich das auch«, pflichte ich ihr bei. »Und deshalb hoffe ich, dass ihr zustimmt.«

»Never!« Maylin tippt sich mit beiden Zeigefingern an die Stirn. »Ich bin ja nicht plemplem.«

Tja, also … entweder ist sie es doch, oder es gibt einen anderen Grund für ihre plötzliche Meinungsänderung. Jedenfalls sitzen Maylin, Anna und ich drei Tage später in einer Easyjet-Maschine nach London.

Schmorbraten international

Moms hat mit Oma und Opa Prinsloo verabredet, dass die beiden uns am Flughafen Gatwick abholen, der im Süden außerhalb von London liegt.

Nachdem wir den Flieger mit unserem Handgepäck (Rucksäcke) verlassen haben, müssen wir einen gefühlt hundert Kilometer langen Gang entlanglaufen, bis wir die Einreiseschalter erreichen. Unterwegs überlege ich mehrmals, ob wir überhaupt richtig sind oder ob wir eventuell einen Hinweis übersehen und eine Abbiegemöglichkeit verpasst haben. Ohnehin ist diese ganze Aktion ziemlich aufregend, denn weder May noch Anna oder ich sind bisher schon mal alleine geflogen.

Es gab zwar eine Stewardess, die uns alles erklärt hat, aber die konnte nur Englisch. Und obwohl sie sich wirklich Mühe gegeben hat, langsam und deutlich zu sprechen, habe ich das Gefühl, nur die Hälfte verstanden und davon bereits ein Viertel wieder vergessen zu haben.

»Da vorne ist es!«, ruft Anna plötzlich erleichtert aus.

Der Gang mündet in eine breite Treppe, und nun strömen von sämtlichen Seiten Leute herbei. Alle schleppen irgendwelche Gepäckstücke mit sich und alle haben es eilig.

Es gibt mehrere Schalter, vor denen sich bereits Endlosschlangen gebildet haben, und wieder ist es nicht einfach, den richtigen ausfindig zu machen.

Während Anna vorliest, was auf den Schildern steht, wippelt Maylin unruhig von einem Fuß auf den anderen.

»Ich muss mal«, jammert sie. »Außerdem ist mir schlecht.«

»Wieso denn?«, frage ich verwundert. »Der Flug war doch cool.«

Wir hatten strahlenden Sonnenschein, und May konnte von ihrem Fensterplatz aus eine super Aussicht genießen. Außerdem gab es nicht eine einzige klitzekleine Turbulenz.

»Ja, schon«, murmelt meine beste Freundin Nummer zwei. »Ich hatte trotzdem Schiss.«

Anna zupft am Ärmel meiner Jeansjacke und deutet zwischen mehreren Schaltern hin und her.

»Ich glaube, wir müssen dorthin. Die auf der rechten Seite sind für Leute, die noch weiterfliegen wollen.«

Wir suchen uns die kürzeste Schlange aus und reihen uns zwischen den Laufbändern ein. Trotz der vielen Menschen geht es recht zügig voran.

»Have a good time in London«, wünscht uns der Schalterbeamte, der unsere Ausweise kontrolliert, und nickt uns freundlich zu.

»Thank you«, sage ich und nicke zurück.

»Das heißt nicht thank you, sondern you are welcome«, zischt Anna mir ins Ohr, als wir ein Stück weitergegangen sind.

Verständnislos sehe ich sie an. »Ist doch egal«, brumme ich dann. »Der hat mich bestimmt auch so verstanden.«

»Da ist ein Klo!«, ruft Maylin erleichtert, lässt ihren Rucksack einfach neben uns auf den Boden klatschen und eilt schnellen Schrittes davon.

Ehe ich etwas erwidern kann, ist sie zwischen einer Gruppe aufgeregt plappernder Frauen abgetaucht.

»Na, die hat vielleicht Nerven«, stöhnt Anna, hebt ihren Rucksack auf und hängt ihn sich über die Schulter.

»Kennst sie doch«, sage ich grinsend und nutze die Gelegenheit, um mein Handy wieder einzuschalten.

Auch Anna holt ihres hervor.

»Meine Mutter hat dreimal geschrieben«, meint sie seufzend. »Alles okay, wir sind nicht abgestürzt«, murmelt sie, während sie ihre Nachricht tippt. »So, ich hoffe, sie ist jetzt erst mal beruhigt. Und?«, will sie wissen. »Hast du auch eine SMS von daheim bekommen?«

»Nee.« Fast ein bisschen enttäuscht schüttele in den Kopf.

»Aber von Jona, oder? Und von Phin?«

»Hmm … ja.«

»Und?« Anna springt die Neugier geradezu aus dem Gesicht.

»Hab sie nicht gelesen«, sage ich.

»Waaas?«

»Mann, jetzt schrei doch nicht so!«, zische ich und vergewissere mich unauffällig, ob womöglich bereits Leute stehen geblieben sind, weil sie denken, dass es hier eine spektakuläre Live-Ausgabe von *Hilfe, meine Eltern haben mich ausgesetzt!* zu sehen gibt. Aber zum Glück haben es alle eilig, und niemand scheint sich für uns zu interessieren.

»Ich lese sie heute Abend«, sage ich.

»Nicht dein Ernst!«, erwidert Anna. »Wie hältst du das bloß aus?«

Ziemlich gut.

Von Jona habe ich seit unserem Kuss ohnehin nichts mehr gehört. Er allerdings auch nicht von mir. Schon komisch, dass er sich ausgerechnet heute meldet, und ich frage mich, was er mir wohl mitzuteilen hat.

Na ja, im Grunde gibt es da eigentlich nur drei Möglichkeiten.

1. Dass er sich in mich verknallt hat. (Das halte ich allerdings für ziemlich ausgeschlossen.)
2. Dass ich den Kuss bloß nicht so ernst nehmen soll, weil er es ja nur wegen Julius gemacht hat. Und dass Birke um Himmels willen niemals davon erfahren darf. (Dies wiederum ist ziemlich wahrscheinlich. Und Letzteres müsste er nicht mal erwähnen, denn das ist einem Superhirn wie mir ohnehin klar.)
3. Dass er gerade Zeit hat, und ob wir uns nicht mal wieder treffen sollten. (Auch das ist sehr gut möglich, inklusive der Variante, einfach so zu tun, als ob nie etwas gewesen wäre.)

Tja, und was Phin angeht: Wenn ich mir vor Augen halte, mit was für einer Miesepetermiene der in den letzten Tagen herumgelaufen ist, scheint er alles andere als begeistert darüber zu sein, dass ich einfach so holterdiepolter für ganze zwei Monate nach England verschwinde. Obwohl, eigentlich muss sein Dauerflunschgesicht auch nicht unbedingt etwas mit mir zu tun haben.

»Was ist denn jetzt eigentlich mit Jona und dir?«, bohrt Anna weiter.

»Nix«, sage ich.

»Wie nix?«

»Na, nix eben«, brumme ich. »Alles wie gehabt.«

»Und wieso bist du dann so knurrig?«, entgegnet sie.

»Vielleicht, weil du ständig darauf herumreitest.«

»Pfff.« Anna setzt eine Protestmiene auf. »Gerade das tue ich eben nicht! Vielleicht erinnerst du dich mal: Ich habe die letzten drei Tage kein einziges Wort über Jonathan verloren.«

»Du hattest ja auch genug damit zu tun, dich von Teo zu verabschieden«, foppe ich sie. »Stichwort: zweiundsiebzig Stunden Endlosknutschen!«

»Und was ist mit Phin?«, lenkt sie sofort vom Thema ab. »Bist du möglicherweise doch ein bisschen in ihn verliebt?«

»Nee, bin ich nicht. Ganz ehrlich, Anna. Hundertpro.«

»Aber er in dich«, wiederholt sie ihre These von letzter Woche. »Ebenfalls hundertpro.«

»Okay«, sage ich. »Aber das ist dann nicht mein Problem. Er könnte es mir ja sagen. Dann wär die Sache wenigstens klar.«

»Hat er das nicht längst getan?«, hakt Anna ein. »Als wir an der Nordsee in der Robbenstation waren?«

Ich nicke. »Ja, hat er.«

Aber er muss es ja nicht unbedingt SO gemeint haben. Zwischen mögen und mögen gibt es schließlich große Unterschiede.

»Und danach habt ihr euch doch ziemlich gut verstanden, oder etwa nicht?«, fragt Anna weiter.

»Wir haben uns alle gut verstanden«, erwidere ich. »Ich und Phin, du und Teo, May und Teo, Teo und Phin …«

»Ja, schon klar«, unterbricht sie mich. »Als ich gestern bei euch war …«

»Du meinst, bei *Teo.*«

Anna verdreht leise stöhnend die Augen.

»Wenn du in Jona verliebt wärst, wüsstest du, wie das ist.«

»Bin ich aber nun mal nicht«, gebe ich zurück. »Weder in Jona noch in Phin.«

»Okay, okay!« Meine beste Freundin unter der Sonne guckt mich kurz so an, als würde sie kein Wort glauben, und fügt dann hinzu: »Jedenfalls hat Phineas gestern ziemlich traurig auf mich gewirkt.«

»Vielleicht hat er Heimweh«, spekuliere ich.

Anna schneidet eine Grimasse. »Nach seinem Internat?«

»Wieso nicht? Er hat doch Kumpels dort. Außerdem guckt er nicht erst seit gestern so.«

»Na siehst du! Ich bin sicher, dass es mit dir zu tun hat«, beharrt Anna und zeigt auf mein Smartphone, das ich idiotischerweise noch immer in der Hand halte. »Schau doch mal nach. Ich finde, Phin hat es nicht verdient, dass du ihn schon wieder so wenig beachtest.«

Das tu ich doch gar nicht, denke ich und ruckle unschlüssig an meiner Brille herum. Seitdem Phineas bei uns wohnt, ist die Sache nur noch komplizierter geworden. Ich mag ihn ja. Aber eben nicht SO. Und damit er nicht die falschen Schlüsse zieht, versuche ich, ihm möglichst gar nicht auf der Pelle zu hängen.

Genauso satt bin ich es mittlerweile allerdings auch, ständig mit Anna deswegen zu streiten.

»Na gut«, grummle ich also und hole seine Nachricht aufs Display.

Hey, Emely! Ich muss mit dir reden!

»Super«, sage ich und zeige meiner Freundin die Nachricht. »Da haben wir den Salat.«

»Wieso denn?«, meint sie kopfschüttelnd. »Du wolltest doch, dass er es dir sagt.«

»Ja, aber doch nicht hier«, entgegne ich empört. »Mitten auf dem Flughafen in London.«

»In Liebesfilmen ist es auch nicht anders«, erwidert Anna grinsend.

»Das ist aber kein Liebesfilm«, knurre ich. »Und ich fände es gut, wenn du das endlich mal einsehen würdest. Ich mag Phin, aber ich will ihn nicht küssen.«

»Du wolltest auch Jona nicht küssen«, hält sie sofort dagegen.

»Das zählt nicht«, sage ich. »Es war schließlich nur Show.«

»Das kannst du deiner Tante in Neapel erzählen«, erwidert Anna und tippt sich an die Stirn.

Ich habe überhaupt keine Tante in Neapel, will ich gerade zurückgeben, als Maylin auf uns zugestapft kommt. Sie nimmt Anna ihren Rucksack von der Schulter und zieht eine genervte Grimasse.

»Mann, das war vielleicht voll da drin. Ich hätte mir fast in die Hose gemacht.«

»Na, jetzt aber los, Abmarsch zu den Gepäckbändern«, fordert Anna uns auf, nachdem sie einen Blick auf ihre Armbanduhr geworfen hat. »Wir stehen tatsächlich schon fast eine Viertelstunde hier rum. Ems Großeltern denken bestimmt, dass wir uns verlaufen haben.«

Während wir den Hinweisschildern mit der Aufschrift *baggage carousel* folgen, spüre ich plötzlich Jonas' Lippen auf meinem Mund. Und dann fange ich auch noch an, mir vorzustellen, wie es gewesen wäre, wenn Phineas mich in der gleichen Situation geküsst hätte.

Hätte er nicht, denke ich.

Phin hat eine große Klappe, aber irgendwie viel weniger Mut als Jona. Jonathan ist eben doch mein bester Freund. Trotz allem und auch trotz Birke hält er zu mir und steht mir zur Seite, wenn ich ihn wirklich brauche. Ich sollte seine WhatsApp-Nachrichten nicht länger ignorieren. Das hat Jona nicht verdient. Mit zittrigen Fingern taste ich nach meinem Handy, ziehe es ein Stück aus meiner Jackentasche hervor, schiebe es dann allerdings doch wieder zurück.

Keine Ahnung, wieso, aber ich traue mich einfach nicht.

Obwohl ich Oma und Opa Prinsloo seit über zwei Jahren nicht gesehen habe, erkenne ich sie sofort. Die beiden sehen noch genauso aus wie früher und scheinen überhaupt nicht älter zu werden.

»Granny!«, rufe ich und fliege meiner Großmutter um den Hals.

»O, Emely, my little darling!«, begrüßt sie mich, drückt mich an sich und übersät mein Gesicht mit Küssen. »How was your flight?«

»Super«, antworte ich (ohne englischen Akzent), und Anna

sagt artig: »Our flight was very well. I have enjoyed it very much.«

Opa Prinsloo schüttelt ihr die Hand und strahlt sie, May und mich mit glänzenden Augen an.

»Amazing!«, freut er sich.

Wobei mir nicht so ganz klar ist, ob er damit unseren Flug, Annas Englisch oder uns alle meint.

»Es ist total nett von Ihnen, dass wir bei Ihnen wohnen dürfen«, erklärt Maylin Oma Prinsloo höflich und macht sogar einen Knicks.

»Es ist uns eine Freude, Liebes«, erwidert meine Großmutter. »Erstens vermissen wir Emely schon ein halbes Jahrhundert und zweitens sind ihre Freunde uns immer herzlich willkommen.«

»Außerdem haben wir mehr als ausreichend Platz«, fügt mein Großvater hinzu. »So, und wenn wir uns jetzt ein bisschen sputen, erreichen wir noch den Zug um kurz nach halb.«

»Geht er nicht erst um zwanzig vor?«, fragt Oma Prinsloo.

»Nein, mein Herz«, sagt mein Großvater. »Seit Anfang des Monats gilt ein neuer Fahrplan.«

Er hängt sich meine Reisetasche über die Schulter, nimmt May und Anna ihre Rollkoffer ab und stiefelt los.

Der Gatwick-Express bringt uns in einer guten halben Stunde in die Londoner Innenstadt. An der Victoria Station wechseln wir in die Tube. So nennt man die Londoner U-Bahn, weil die Tunnel wie halbrunde Rohre gebaut sind. Die Bahnen rasen in einem Irrsinnstempo hindurch. Ich kenne das ja schon, aber Anna und Maylin scheinen es ziemlich gewöhnungsbedürftig zu finden. Erst als sie merken, dass sich niemand (auch die wackeligsten alten Leutchen nicht) an dem Gerappel und Geschaukel stört, entspannen sich ihre Gesichter allmählich.

Fünf Stationen später, an der Kensington High, steigen wir auch schon wieder aus.

Opa Prinsloo erklärt uns, dass genau diese Strecke Teil unseres täglichen Schulwegs ist.

»Am besten, ihr nehmt immer die gelbe Circle Line«, erklärt er uns.

In London haben die Underground-Züge nämlich keine Nummern, sondern sind farblich gekennzeichnet. Dieselben Farben findet man in den jeweiligen Stationen, sodass man sich eigentlich nicht verlaufen kann und immer die richtige Linie erwischt.

»At Victoria station you have to change the line. Take the blue to Vauxhall and go further by bus.« Mein Großvater zwinkert mir zu. »It's very easy, Ladies.«

»Müssen wir das morgen etwa schon ganz allein machen?«, fragt Anna erschrocken.

»Natürlich nicht«, erwidert Oma Prinsloo lächelnd und tätschelt meinem Opa die Schultern. »Der gute Charles wird euch so lange begleiten, bis ihr euch sicher fühlt.«

Meine Großeltern leben im sechsten Stock in einer riesigen Penthouse-Wohnung, von wo aus man einen gigantischen Blick auf den Hyde Park hat.

Neben einer großen offenen Küche, Wohn-, Schlaf- und Arbeitszimmer gibt es noch ein Atelier, in dem meine Oma Acrylbilder malt, und zwei geräumige Gästezimmer.

Anna, May und ich suchen uns das größere aus. Nachdem wir unsere Klamotten in den riesigen weißen (und vollkommen leeren) Schrank geräumt haben, schleppen wir mit Opa Prinsloos Hilfe die Bettgestelle in das andere Zimmer hinüber und errichten anschließend in unserem ein urgemütliches Matratzenlager.

»Deine Großeltern sind echt cool«, sagt May und beginnt, von einer Matratze auf die nächste zu hüpfen.

Anna und ich hüpfen hinterher. Mal vorwärts, mal rückwärts, mal im Zickzack und mal im Kreis. Das Ganze geht so lange, bis ich mit meinem Fuß in einem Spalt hängen bleibe, aus dem Gleichgewicht gerate und meine beiden Freundinnen mit zu Boden reiße. Meine Brille geht dabei ebenfalls flöten.

»Oh, und ich dachte schon, du wärst endlich von deiner Schusselkrankheit geheilt«, meint Anna lachend, und plötzlich kriegen wir uns gar nicht mehr ein vor Kichern.

»Hahaha!«, gluckst May und hält sich den Bauch. »Manchmal tut albern sein einfach nur gut.«

»Was du nicht sagst«, erwidert Anna, pfeffert ihr ein Kissen ins Gesicht und fängt an, sie zu kitzeln.

»Aufhören!«, kreischt Maylin. »Sofort aufhören!«

Sie krallt sich an Anna fest, und die beiden wälzen sich laut gackernd zwischen den Decken und Kissen herum. Sie machen einen solchen Lärm, dass es fast an ein Wunder grenzt, dass ich mein Handy dudeln höre.

Ich fische es aus meiner Jacke, die ich über eine Stuhllehne gehängt habe, und bin wieder mal enttäuscht, als ich feststelle, dass es nicht Moms ist, die mich anruft, sondern Phineas.

»Hey«, raunt er. »Seid ihr gut angekommen?«

»Jap«, sage ich, klaube meine Brille auf und verkrümele mich in das andere Gästezimmer. »Wieso sprichst du so leise? Ist grad jemand in der Nähe?«

»Ähm … nö … äh …«, stammelt er, was für Phineas echt ungewöhnlich ist, denn normalerweise strotzt er nur so vor Selbstbewusstsein. »Ähm … Hast du meine Nachricht gelesen?«

»Ja …«, antworte ich zögernd. »Was gibt es denn?«

»Na ja … ich finde es irgendwie schade, dass ihr auf Schüleraustausch seid. Und ehrlich gesagt, habe ich auch nicht so richtig kapiert, wieso ihr jetzt schon weg seid. Der Schüleraustausch sollte doch erst in vier Wochen starten, oder nicht?«

»Stimmt«, pflichte ich ihm bei. »Aber unsere Klassenlehrerin hat das Programm inzwischen geändert. Und zwar aus verschiedenen Gründen … Ach, eigentlich ist es fast ein bisschen zu kompliziert, das alles am Telefon zu erklären!«

Mal abgesehen davon, dass er ungefähr die Hälfte davon ohnehin nicht unbedingt wissen muss.

»Okay.«

Phins Stimme klingt alles andere als glücklich. Und das wiederum kapiere ich nicht. Wenn überhaupt jemand einen Anlass zum Trübsalblasen hätte, dann wären das Anna und Teo. Für die scheint eine achtwöchige Trennung jedoch überhaupt kein Thema zu sein. Zumindest meiner Freundin ist nicht im Geringsten anzumerken, dass sie meinen Bruder vermisst. Aber wer weiß, vielleicht überkommt es sie ja auch erst in ein paar Tagen.

»Unsere Klassenlehrerin möchte, dass wir hier bei einem

Projekt mitmachen«, erkläre ich Phin. »Sie hält uns für besonders geeignet. Außerdem hat es Stress in unserer Klasse gegeben …«

»Aber ja wohl nicht euretwegen, oder?«

Nach kurzer Überlegung entscheide ich, ihn nicht völlig im Unklaren zu lassen, und sage:

»Doch. Um genau zu sein wegen Maylin und einem Typen, der sich wie ein Oberekel benimmt, in den sie aber leider ein bisschen sehr dolle verknallt ist.«

»Oh«, kommt es von Phineas, und jetzt klingt er irgendwie noch trauriger. Aber vielleicht bilde ich mir das auch bloß ein.

»Auf jeden Fall ist es gut, wenn sie jetzt für eine Weile aus seiner Schusslinie ist«, setze ich hinzu.

»Wieso? Was hat dieser Typ denn mit ihr angestellt?«, will Phin wissen.

»Ach, er macht sich ständig über sie lustig«, erwidere ich. »Eigentlich mobbt er sie schon, seitdem wir zusammen in einer Klasse sind. Tja, und letztens hat er dann fett an die Tafel geschrieben, wie dumm und hässlich er sie findet.«

»Aber das stimmt doch gar nicht!«, platzt es aus Phineas heraus.

»Was?«

»Na, dass Maylin dumm und hässlich ist!«

»Findest *du*!«, sage ich.

Phin schnappt kurz nach Luft. »Du etwa nicht?«

»Na klar. Aber das ist schließlich was anderes.«

»Wieso?«

»Weil ich ein Mädchen bin. Und die stehen ja meistens nicht auf Mädchen.«

»Bist du denn sicher, dass du überhaupt auf jemanden stehst?«, fragt Phin.

»Was soll das denn jetzt?«, stoße ich empört hervor.

Als ob ich nicht in der Lage wäre, mich überhaupt jemals in jemanden zu verlieben!

»Tust du's oder tust du's nicht?«

»Keine Ahnung, ich …«

»Siehste«, sagt Phin. »Dachte ich es mir doch.«

»Was?«

»Ach nix.«

Das ist keine Antwort, denke ich und merke, wie sich ein fieser feiner Stachel in meine Brust bohrt. Grund genug, die Flucht nach hinten anzutreten und das Gespräch zu beenden. – Und den Stachel weiter mit sich herumzutragen? Nee, nee, Emely Berlin, nicht mit dir!

»Worüber wolltest du eigentlich so dringend mit mir sprechen?«, frage ich also todesmutig, denn irgendwie habe ich das Gefühl, dass seine blöde Bemerkung damit zusammenhängt, und er in Wahrheit eigentlich herausfinden möchte, ob ich auf *ihn* stehe. Doch: Überraschung!

»Hat sich erledigt«, erwidert er knapp.

»Das kapier ich jetzt nicht …«

»Musst du ja auch nicht«, erwidert Phineas.

Ich fasse es nicht! Da weicht mir dieser Feigling doch tatsächlich aus!

»Tja, dann …«, sage ich so gleichmütig, dass Phin mein Schulterzucken und meine gelangweilte Miene mit ein bisschen Fantasie auch durchs Telefon sehen kann.

»Was?«

»… grüß mal meine Eltern … und Teo«, sage ich mit einem Lächeln in den Mundwinkeln. »Und kümmer dich bitte um Missie H.«

Ich warte noch einen Atemzug lang auf seine Antwort, und als die nicht kommt, kappe ich die Verbindung.

»Ciao, Bello«, murmele ich. »Wenn du nicht mit der Sprache rausrückst, lasse ich dich eben auch schmoren.«

Ein *Schmor*braten in London und einer zu Hause. Das nenne ich doch mal gerecht. Und ziemlich international dazu!

»Psychokack«

Nachdem wir am frühen Nachmittag Oma Prinsloos köstliches Gemüsecurry komplett verputzt haben, machen wir uns zu fünft auf, um eine kleine Runde durch den Hyde Park zu drehen.

Mein Großvater zeigt uns den Serpentine Lake, die Peter-Pan-Statue und den Granitbrunnen, der zum Gedenken an Lady Di gebaut worden ist. Besonders spannend finden Anna, May und ich die sogenannte Speakers Corner. Das ist eine Ecke, in der jeder zu jederzeit über jedes Thema, das ihm am Herzen liegt, eine Rede halten kann.

Als wir daran vorbeikommen, steht dort gerade eine junge Frau, die alle Londoner dazu aufruft, nur noch Biofleisch zu essen. Es gibt allerdings nicht viele, die ihr zuhören. Die meisten laufen vorüber, ohne sie überhaupt zu beachten.

»Das würde deiner Moms gefallen, oder?«, meint Anna und verpasst mir einen Stupser in die Seite.

Und obwohl sie mich nur in der Taille berührt (die sich bekanntermaßen ja mindestens einen halben Meter vom Kopf entfernt befindet) rutscht mir meine Brille von der Nase. Sie landet vor meinen Füßen auf dem Kiesweg und geht zu Bruch.

»Schei...!«, ruft Maylin, was Anna um ein ebenso aussagekräftiges »...ße!« ergänzt.

»Ach herrje!« Oma Prinsloo schüttelt den Kopf. »Wie konnte denn das passieren?«

»Schusselbrille eben«, meint Anna nur.

»Zeig mal her«, sagt mein Großvater.

Ich hebe die Brille auf und lege sie vorsichtig in seine Hand.

»Hm«, meint er. »Der Steg ist komplett gebrochen. Ich glaube aber, dass man ihn ersetzen kann, weil er direkt mit den Gläsern verschraubt ist. Wieso hast du dir eigentlich keine Brille mit einer ordentlichen Fassung ausgesucht?«, erkundigt er sich, und der Vorwurf, der in seiner Stimme mitschwingt, ist kaum zu überhören.

»Hab ich doch«, verteidige ich mich. »Meine Zweitbrille ...«

»Die Em nie trägt«, fährt Anna dazwischen. »Weil sie die nicht mag ...«

»Ich mag auch die nicht besonders«, brumme ich und deute auf das Bruchteil in Opa Prinsloos Händen.

»Davon ist sie allerdings bestimmt nicht kaputtgegangen«, murmelt er.

»Hihi, wer weiß«, kichert Maylin. »Vielleicht besitzt Emely magische Fähigkeiten.«

»Genau!« Anna lacht laut heraus. »Du meinst wohl magische Schusselfähigkeiten!«

»Pass bloß auf!«, necke ich sie. »Sonst schussel ich dir gleich mal was weg.«

»Hihihi«, kichert Maylin erneut. »Und was?«

»Zum Beispiel meine Sommersprossen!«, ruft Anna.

Das könnte ihr so passen!

»Nee, nee«, sage ich. »Die habe ich viel zu gern. Aber dein Hintern könnte dran glauben … oder deine Haare.«

»Pfff!« Anna stemmt in gespielter Entrüstung die Hände auf ihre Hüften. »Du würdest mich also eiskalt mit einer Glatze durch die Gegend laufen lassen?«

»Klar doch«, gebe ich grinsend zurück. »Vielleicht steht es dir ja sogar.«

»Ladies!«, ermahnt uns Oma Prinsloo. »Jetzt seid bitte mal für einen Augenblick ernst. Hast du deine Ersatzbrille dabei?«, wendet sie sich an mich.

»Nö«, sage ich, was meiner Großmutter überhaupt nicht zu gefallen scheint. »Und jetzt?«, will sie wissen.

»Kann ich immer noch sehr gut gucken«, beruhige ich sie.

»By the way«, meint Opa Prinsloo. »Das Beste ist wohl, wir bringen die Brille morgen zu einem Optiker. Möglicherweise lässt dieser Steg sich wirklich ganz leicht ersetzen.«

»Mhm.« Meine Oma schürzt die Lippen. »Vielleicht sollte Emely auch mal über Kontaktlinsen nachdenken.«

»Das hab ich schon längst«, erwidere ich. »Aber erstens kann ich mir nicht vorstellen, mir jeden Tag in den Augen herumzufummeln, und zweitens ist Moms sowieso dagegen.«

Mein Großvater sieht mich verständnislos an. »Warum sollte sie?«

»Wegen der Tierversuche«, erkläre ich ihm. »Kontaktlinsen und dieser ganze Reinigungskram, den man dafür braucht, werden an Kaninchenaugen getestet.«

Oma Prinsloo schüttelt energisch den Kopf.

»Das trifft bestimmt nicht auf alle Linsen und Reinigungslösungen zu. Ich schlage vor, dass wir uns ausführlich erkundigen, und du erst eine endgültige Entscheidung triffst, wenn wir alle Informationen zusammenhaben.«

Ich gebe zu, dass dies ziemlich vernünftig klingt. Trotzdem sträubt sich in mir alles, wenn ich auch nur daran denke, dass ich mir diese komischen Plastikdinger auf die Pupillen setzen soll.

Bei genauerer Überlegung hat die Brille allerdings garantiert bereits einen Knacks bekommen, als sie vorhin bei unserer Matratzentoberei heruntergefallen ist. Von daher sind Kontaktlinsen für eine wie mich vielleicht ja doch besser. Denn die werde ich mir wohl kaum aus den Augen schusseln können.

Abends suchen Anna, May und ich uns jede eine ungestörte Ecke, in der wir in Ruhe mit daheim telefonieren können.

Ich spreche zuerst eine Weile mit Moms, die mir erzählt, dass Oma und Opa Berlin auf Föhr inzwischen ein geeignetes Haus gefunden haben und wahrscheinlich bald umziehen werden.

Auf Föhr ist es bestimmt ähnlich toll wie bei Tanja Reffzens Stelzenpension am Nordseestrand, und ich freue mich jetzt schon, dass ich meine Großeltern dort in den Ferien besuchen kann. Gleichzeitig bin ich aber auch traurig, dass ich sie jetzt genauso wie Oma und Opa Prinsloo nicht mehr in meiner Nähe habe. Es hat eben alles seine zwei Seiten.

Als ich mich nach meiner Katze erkundige, reicht Moms mich an Teo weiter, der mir hoch und heilig versichert, dass es Missie H. auch ohne mich an nichts fehlt.

»Phin kümmert sich perfekt um sie«, erzählt er mir. »Aber kein Kunststück; er pennt ja in deinem Zimmer.«

Natürlich falle ich aus allen Wolken.

»Waaas? Ohne mich zu fragen?«, brülle ich ins Telefon.

»Hat Moms das nicht?«, erkundigt Teo sich (für meinen Geschmack übrigens eine Spur zu scheinheilig).

»Neee!«

»Okay, dann geb ich sie dir noch mal«, erwidert Teo seufzend.

Ich höre seine Schritte, ihn »Mohoms?« rufen und danach ein Klopfen.

»Geht gerade nicht«, meldet mein Bruder sich schließlich. »Sie ist auf 'm Klo.«

»Dann warte ich eben«, brumme ich. »So lange kann das ja nicht dauern.«

»Ich glaube aber, sie kackt«, erwidert er.

»Mann, Teeeooo!«, stöhne ich.

»Was ist denn?«, will er wissen. »Kackst du etwa nie?«

Oh Mann! Manchmal habe ich echt meine Zweifel daran, dass ich wirklich mit ihm verwandt bin.

»Kann ich Anna noch mal kurz sprechen?«, fragt er.

»Nur wenn du Moms verklickerst, dass ich nicht damit einverstanden bin, dass Phineas in meinem Bett schläft.«

»Zu spät«, feixt Teo. »Er hat sowieso schon alles verseucht.«

»Oder in meinen Sachen herumgewühlt!«, fauche ich.

»Wow!«, spottet mein Bruder. »Das nenne ich mal Willkommenskultur.«

»Spinnst du jetzt total, oder was? In Pops' altem Arbeitszimmer ist schließlich genauso viel Platz …«

»Er findet deins aber gemütlicher«, fällt Teo mir ins Wort.

»Und jetzt reg dich ab. Phin stöbert schon nicht in deinen Sachen rum. Der ist nämlich voll in Ordnung … Falls du das noch nicht gemerkt haben solltest.«

»Darum geht es doch überhaupt nicht«, knurre ich. »Moms hätte mich fragen müssen!«

»Und? Hättest du dann Ja oder Nein gesagt?«

»Keine Ahnung! Ich hätte drüber nachdenken müssen. Aber auch das ist nicht der Punkt«, lege ich ihm dar, »sondern die Tatsache, dass sie es einfach hinter meinem Rücken gemacht hat.«

»Falsch, Em«, widerspricht Teo. »Der Punkt ist, dass *ich* es dir gesagt habe. Normalerweise hättest du es nämlich gar nicht erfahren.«

»Na toll!«, brülle ich. »Suuuper! Soll ich dir jetzt etwa dankbar sein?«

»Wär 'ne Maßnahme«, kommt es von ihm zurück.

Ich glaub, es hackt!, denke ich noch, dann kappt Teo die Verbindung, ohne sich noch einmal nach Anna zu erkundigen. Ich würde am liebsten einen Schreianfall kriegen, aber ich beherrsche mich.

Schließlich bin ich hier nicht zu Hause. Oma und Opa Prinsloo können für nichts etwas. Im Gegenteil! Sie nehmen nicht nur mich, sondern Anna und auch Maylin (die bis heute völlig fremd für sie war) für ganze zwei Monate bei sich auf. Sie haben es echt nicht verdient, dass ich jetzt austicke.

»Ganz genau«, murmele ich. »Und so ist es ja wohl auch mit Phin. Kapiert, Em, du bist jetzt mal nett und nimmst ihn in dein Zimmer auf.«

Stattdessen werde ich bei nächster Gelegenheit mit Moms

ein Hühnchen rupfen, auch wenn Teo dann von ihr eins auf den Deckel bekommt, weil er gepetzt hat.

»Ich bin dir sehr dankbar, Bruderherz und werde alles geben, um dich vor ihrem Zorn zu schützen«, murmele ich vor mich hin.

Hm – so läuft es doch unter Geschwistern, oder?

Kaum ist mir all das durch Kopf und Kehle geschossen, ist meine Wut wie weggeblasen.

Ich stelle das Telefon meiner Großeltern in die Ladestation zurück und tippe drei Nachrichten in mein Handy.

An Moms: *Ich würde dich gerne ein bisschen zusammenfalten und bitte daher dringend um einen Telefontermin!*

An Teo: *Danke, Bruderherz <3*

Und an Phin: *Es ist okay, dass du in meinem Zimmer pennst, solange du nicht ins Bett pullerst und deine Finger von meinen persönlichen Sachen lässt. ;-)*

Danach schalte ich das Ding aus, denn für heute will ich von nix mehr was wissen.

Es dauert eine Weile, bis Anna, May und ich bettfertig sind. In der Wahnsinns-Penthouse-Wohnung meiner Großeltern gibt es nämlich ein riesiges Bad mit zwei Waschbecken, einer begehbaren Regendusche und – was das absolut coolste ist! – einer großen runden Badewanne mit Massagevorrichtung und Whirl-Quirl. Wir passen perfekt zu dritt hinein und wollen am liebsten gar nicht mehr raus. Erst als unsere Hände und Füße so runzelig sind wie bei einer Hundertjährigen und unsere Haut zu jucken anfängt, verlassen wir widerstrebend unseren Luxus-Pool.

Eine gute Viertelstunde später schlüpfen wir in unser Matratzenlager, da ist es auch schon fast zehn Uhr.

»Good night, Ladies! Sleep well and have a couple of sweet dreams«, wünschen uns Oma und Opa Prinsloo, und auf ihre Ermahnung hin machen wir sofort das Licht aus.

»Comprehensive School Stockwell«, murmelt Anna in die Dunkelheit. »Oh Mann, ich bin so froh, dass ich das Abenteuer nicht alleine durchstehen muss.«

»Also, ich find's cool«, sage ich.

»Ja, das ist es«, bestätigt May. »Sooo cool.«

Ich sehe, wie ihre Zähne unter einem breiten Grinsen blitzen. Und dann heult sie plötzlich los.

Anna schießt hoch wie ein Stehaufmännchen.

»May, was ist los?«

Ich robbe zur Matratzenkante und taste nach dem Lichtschalter.

»Nicht anmachen!«, jault Maylin.

»Dann sag doch mal bitte was«, wispere ich.

»Kann … gerade … nicht … ich … heule …«, schnieft sie.

»Och, May …«

Anna sinkt auf ihr Kissen zurück und dann kuscheln wir uns rechts und links an unsere Freundin. Wir streicheln ihre Schultern und ihre Haare und küssen ihre klitschnassen salzigen Wangen.

»Alles wird gut«, murmelt Anna. »Ganz bestimmt.«

»Jetzt sag doch endlich mal …«, bettele ich.

Aber außer Schluchzen gibt Maylin keinen Ton mehr von sich. Selbst auf Annas Witzelei, dass das hier unser Bett und nicht die Badewanne sei, reagiert sie nicht. Erst als ich ankündige, Oma Prinsloo Bescheid zu sagen, schluchzt sie:

»Juhuhuuuuuliiiuuuhuuuuhuhus.«

»Vergiss ihn«, empfehlen Anna und ich ihr im Duett.

»Neiheiheihein! Ich vermihissse ihihn sohooo.«

»Quatsch«, sage ich. »Du bist froh, dass du diesen Kerl erst mal los bist.«

»Neiheihein! Ich … habe … vergessen … ihihn … zuhu … verprühügeln.«

»Was?«, flüstert Anna.

Sie hebt den Kopf und schaut mich an. Das Weiße in ihren Augen funkelt.

Obwohl ich nicht sicher bin, dass sie das überhaupt sehen kann, recke ich den Daumen hoch.

»Dann verprügel doch dein Kissen«, schlägt Anna vor.

»Nee«, sagt Maylin und heult einfach weiter.

Ich verwerfe den Plan, meine Oma zu holen, stattdessen schmiege ich mich wieder an sie und streichele sie weiter. Soll sie sich halt in den Schlaf flennen. Manchmal braucht man das einfach.

Und während May schluchzt und schnieft und Anna und ich sie im Arm halten und ich ihren warmen Körper spüre, muss ich wieder an Jona denken und daran, wie es sich angefühlt hat, als er so dicht bei mir stand.

Es war schön … irgendwie. Fremd und ungewohnt, aber schön. Und erst peinlich, als wir damit aufgehört haben.

Jona, denke ich. Ich denke es von den Haarwurzeln bis zu den Zehen. Und das tut richtig weh. So weh, dass auch ich am liebsten weinen würde.

»Fertig geheult«, sagt Maylin plötzlich. Sie windet sich aus Annas und meinen Armen und wischt sich mit einem Bettdeckenzipfel über die Augen. »Ich finde diesen Psychokack übrigens total doof.«

»Welchen Psychokack?«, fragt Anna ein wenig schlaftrunken.

»Na, Kissen verprügeln und so. Mir hilft Weinen immer noch am besten … und gute Tröstefreundinnen zu haben.«

»Die hast du ja«, wispere ich.

»Jap«, sagt May. »Die allerbesten.«

Und jetzt hört sie sich fast ein bisschen glücklich an.

Poppy Adams

Am nächsten Morgen sind Anna, May und ich total unausgeschlafen. Aus schmalen Augenschlitzen beargwöhnen wir das Porridge, welches Oma Prinsloo uns zum Frühstück gemacht hat. Warmer Haferflockenbrei ist noch nie mein Ding gewesen, und ich bezweifle, dass sich daran in der Zwischenzeit etwas geändert hat.

»Na los, traut euch!«, ermuntert mein Großvater uns, der bereits den zweiten Teller von diesem unappetitlich aussehenden Brei verputzt. »Ich gebe euch mein Ehrenwort: Es schmeckt besser, als es aussieht.«

»Und es ist sehr viel gesünder als Rührei mit Würstchen und gebackenen Tomaten«, fügt Oma Prinsloo hinzu. »Wenn ihr allerdings darauf besteht, kann ich euch auch das noch rasch zubereiten«, bietet sie uns nach einem prüfenden Blick auf die Wanduhr über der Küchentür an.

Anna und Maylin schütteln sich, und meine Magenwände machen eine Runde Protestgymnastik.

»Können wir nicht einfach einen Toast mit Marmelade bekommen?«, presse ich hervor.

»Natürlich«, erwidert Oma Prinsloo und mustert uns prüfend. »Jam or marmalade?«

»Äh … jam!«, antwortet Anna.

»Strawberry, peach or cherry?«

»We like all of them«, antworte ich hastig, und meine Freundinnen nicken eifrig.

»Well …«, sagt meine Großmutter nur, stellt unsere Porridge-Teller auf das Tablett zurück und verschwindet damit in der Küche.

Drei Minuten später haben wir unseren Toast.

»Das Porridge packe ich euch ein«, sagt Oma Prinsloo. »Es schmeckt nämlich auch kalt ganz wunderbar.«

Maylin öffnet den Mund, klappt ihn jedoch sofort wieder zu, als sie meinen mahnenden Blick bemerkt.

Und so fügen wir uns klaglos in unser Schicksal. Wenn man richtig Hunger hat, isst man ja bekanntlich vieles. Und wer weiß, vielleicht ergibt sich ja eine Möglichkeit, den Brei in anderen Mägen unterzubringen …

Opa Prinsloo begleitet uns zur Underground-Station.

Wir haben Glück, denn dort rollt der Zug direkt vor unserer Nase ein, und auch an der Victoria's müssen wir nicht lange auf Anschluss warten.

»Vierzig Minuten zu früh«, bemerkt mein Großvater mit einem zufriedenen Grunzen. »Da gehen wir lieber mal zu Fuß.«

»Wieso?«, gibt Anna kopfschüttelnd zurück, und nachdem Maylin herzhaft gegähnt hat, murmelt sie: »Ich möchte das eigentlich lieber nicht.«

»Ach was«, meint Opa Prinsloo abwinkend. »Ein bisschen Bewegung an der frischen Luft wird euch guttun. Außerdem macht es keinen guten Eindruck, wenn ihr gleich am ersten

Tag schon überpünktlich auf der Matte steht«, fährt er mit einem Augenzwinkern fort. »Streber sind an Comprehensive Schools nicht sonderlich beliebt.«

Ist mir egal, liegt es mir auf der Zunge. Doch zum Glück sind meine Gehirnzellen bereits ausgeschlafen, und so schlucke ich diese Bemerkung hinunter, bevor sie meinen Mund verlassen kann.

Frau Schnacke hat Anna, May und mich schließlich aus einem bestimmten Grund hierher nach London und an diese Schule geschickt. Wir sollen unseren neuen Mitschülern von unserem Blog und den DIY-Aktionen erzählen. Dazu müssen sie uns zuhören, und das wird wohl kaum gelingen, wenn sie uns nicht mögen.

»Wir sind definitiv keine Streber«, betont Anna. »Außerdem ist es ja wohl eher normal, dass man am ersten Tag pünktlich erscheint.«

»Keine Sorge, das werdet ihr auch, wenn wir zu Fuß gehen«, versichert Opa Prinsloo uns. »Allerdings sollten wir dann nicht mehr allzu lange hier herumstehen und diskutieren.«

Mit diesen Worten setzt er sich in Bewegung, und Anna, May und ich folgen ihm wie drei junge Küken ihrem Mama-Huhn die Treppe hinauf und anschließend in einem wirren Zick-Zack-Kurs von einer Straße in die nächste.

Für meine Freundinnen, die zum ersten Mal in England sind, ist es total gewöhnungsbedürftig, dass sie beim Überqueren zuerst nach rechts schauen müssen, weil die Autos hier genau andersherum fahren als in Deutschland (und den meisten anderen Ländern auf der Erde). Einmal macht Maylin gerade noch rechtzeitig einen Schritt zurück, bevor sie einem mokkafarbenen Renault vor die Motorhaube gerät, und kurz darauf muss ich Anna am Pulli festhalten, um sie daran zu hindern, zu früh über die Bordsteinkante zu treten.

»Sag deinem Opa bitte, dass er nicht so rennen soll«, zischt sie.

»I beg your pardon, Mylady?«, kommt es von meinem Großvater.

Stirnrunzelnd dreht er sich zu uns um.

»Könntest du bitte langsamer gehen?«, frage ich.

Die Runzel auf Opa Prinsloos Stirn vertieft sich.

»Wollt ihr etwa behaupten, so ein alter Knochen wie ich ist schneller als ihr jungen …«

»Jetzt sag bloß nicht Hühner!«, entfährt es mir.

»Oder Gänse«, setzt Maylin mit ernstem Gesicht hinzu.

Mein Großvater lächelt. » … Damen, selbstverständlich.« Er schüttelt in gespielter Empörung den Kopf. »Was ihr immer so denkt.«

»Du kennst dich hier doch viel besser aus als wir«, gehe ich über seine Bemerkung hinweg. »Sowohl in der Stadt als auch mit dem blöden Linksverkehr.«

»So blöd finde ich den gar nicht«, erwidert Opa Prinsloo. »Und bei der Entscheidung, ob man eine Straße betritt oder nicht, sollte es wohl kaum eine Rolle spielen, aus welcher Richtung die Autos heranrollen.« Er mustert uns tadelnd, nickt dann aber und sagt: »Wir bleiben jetzt alle auf einer Höhe … Egal, wie viel Gegenverkehr wir haben«, fährt er fort und deutet auf einen ziemlich beleibten Herrn, der mit drei Zwergschnauzern unterwegs ist.

»Aye, aye, Sir!«, rufen Anna, May und ich im Chor und

schlagen uns dabei mit der Handkante gegen die Stirn – was meinem Großvater ein erneutes Grinsen entlockt.

Danach geht es etwas langsamer weiter an alten und neuen und teilweise total unterschiedlich hohen Häusern entlang. Obwohl wir uns mitten in der Stadt befinden, besitzen einige davon winzige, mit Eisenzäunen umschlossene Vorgärtchen, und fast alle haben mehr als einen Schornstein, aus denen vier bis sechs oder sogar acht Kaminrohre herausschauen. Sie sehen aus wie kleine Türmchen und passen irgendwie total gut in ein Land, in dem es noch eine richtige Königin gibt.

Das Schulgebäude ist riesig, und bereits kurz nachdem wir es betreten haben, weiß ich, dass Anna, Maylin und ich uns in den ersten Tagen vermutlich etliche Male darin verlaufen werden. Zum Glück sind die wichtigsten Abteilungen gut ausgeschildert, sodass wir zumindest das Sekretariat auf Anhieb finden.

Noch bevor eine von uns den Mund aufmacht, erkennt die junge Frau mit den halblangen blonden Haaren und der bunten Perlenkette um den Hals in uns »The three exchange pupils from Germany! Please wait a minute! I'll watch out for Mrs Knidges at once!«, tiriliert sie und huscht an uns vorbei auf den Gang hinaus.

»Was hat sie gesagt?«, fragt May. Wieder einmal ist sie ganz blass um die Nase. Unsicher wandert ihr Blick zwischen Anna und mir hin und her. »Ich versteh nur Bahnhof.«

»Du gewöhnst dich schon noch dran«, meint Anna und klopft ihr aufmunternd auf die Schulter. »Wenn wir in zwei

Monaten wieder nach Hause fahren, können wir perfekt Englisch. Wetten?«

May zieht den Hals ein und schüttelt eingeschüchtert den Kopf.

»Gibt es für uns denn überhaupt keinen Unterricht auf Deutsch?«

»Ich glaube nicht«, sage ich.

Aber keine Sorge, wir helfen dir, wenn du nicht klarkommst, will ich noch hinterherschieben, doch in diesem Moment tritt die Perlenkette ins Sekretariat zurück.

Im Schlepptau hat sie eine große Frau mit kurzen lockigen Haaren und buschigen schwarzen Brauen, die wie Schatten über ihren Augen liegen und über ihrer Nasenwurzel zusammengewachsen sind, was irgendwie angsteinflößend aussieht.

Der Grusel verflüchtigt sich jedoch sofort, als sie den Mund aufmacht und uns überaus freundlich – und dazu sogar noch auf Deutsch!!! – begrüßt.

»Herzlich willkommen!«, sagt sie lächelnd und reicht uns nacheinander die Hand. »Ich bin Hillary Knidges und leite die Klasse, in der ihr die nächsten acht Wochen verbringen werdet. Es freut mich, dass ihr euch so spontan zu diesem verlängerten Austausch bereit erklärt habt.« Sie zwinkert uns zu. »Wenn ihr mir jetzt bitte folgen würdet … Eure Mitschüler warten schon gespannt auf euch.«

Anna, May und ich sehen uns irritiert an.

Schließlich hebe ich die Hand und sage: »Ähm … äh …«

Aber Mrs Knidges hat sich längst abgewandt, und so bleibt uns nichts anderes übrig, als ihr durch das Gänge- und

Treppengewirr dieser Londoner Comprehensive School hinterherzueilen.

»Ich finde es ganz schön anstrengend hier«, raunt Anna May und mir zu, als wir anderthalb Stunden später unseren neuen Klassenraum verlassen.

Maylin nickt. »Am besten, wir bitten Nitschie, ein wenig langsamer zu sprechen, genauso die anderen Lehrer ...«

»Wen?«, fragt Anna irritiert.

»Na, diese Misses Nitsches«, erwidert Maylin. »Ich finde sie total nett, aber sobald sie Englisch spricht, verstehe ich kein Wort. Wenn das so weitergeht, breche ich die Zelte hier wieder ab.«

»Nitschie!«, rufe ich lachend und klopfe May auf die Schulter. »Das ist genial!«

»Ja, passt«, bemerkt Anna und beißt in einen der Äpfel, die Oma Prinsloo den Dosen mit dem Unheilsporridge beigelegt hat. »Allerdings wirst du den Teufel tun und alleine wieder nach Hause fahren. Jane, Michelle und Co. werden dich auseinandernehmen.«

»Vergiss Julius nicht«, brummt Maylin. »Aber das ist mir egal«, setzt sie tapfer hinzu. »Die können mir gar nichts mehr. Außerdem wird Frau Schnacke schon dafür sorgen, dass sie es nicht allzu wild mit mir treiben.«

»Ts! Du bist vielleicht 'ne Marke«, sage ich, und das meine ich durchaus als Kompliment. Die Flennerei gestern Abend scheint ihr echt gutgetan zu haben. Unsere vertraute alte May ist wieder unsere vertraute alte May. Und deshalb kommt Kneifen schon mal überhaupt nicht infrage!

»Entweder wir stehen das hier gemeinsam durch oder wir fahren alle drei wieder nach Hause. Und wenn ihr mich fragt, wäre es ja wohl ein wenig überstürzt, wenn wir schon am ersten Tag klein beigeben. Oder meinst du nicht?«

»Tja ... also ...« Maylin pustet ihre Backen auf und schaut unschlüssig zum Eingang hinüber.

»Na los!«, versucht Anna unsere Freundin mit einem Kuss auf die Bläh-Wange zu motivieren. »Gib dir einen Ruck! Zusammen sind wir stark!«

»Sie hat recht«, pflichte ich Anna bei. »Gib uns eine Woche ... Okay?«

Maylin atmet ein und aus und noch mal ein und wieder aus. Ein Regenwurm könnte nicht schweigsamer sein.

»Also gut«, sagt sie schließlich. »Wenn ich am Sonntag immer noch nur Bahnhof verstehe und mir das alles hier zu anstrengend wird, brechen wir dieses Dreier-Projekt ab.«

Ich halte meine Hand hin, und meine Freundinnen schlagen ein.

Wir suchen uns ein ruhiges Plätzchen auf einer Bank, die am Rand einer Rasenfläche unter einem riesigen Kastanienbaum steht. Seine Blätter rascheln leise im Wind und lassen gerade genug Sonnenlicht hindurch, sodass es angenehm warm ist.

Ich lasse mich neben Anna sinken und gebe ein zufriedenes Grunzen von mir.

Von dieser Bank aus haben wir den Eingang des Hauptgebäudes, in dem unser Unterricht stattfindet, bestens im Blick. Die Gefahr, dass wir uns vor der nächsten Stunde bereits vor dem Gebäude verirren, besteht beruhigenderweise also schon mal nicht.

»Wisst ihr noch, ob wir nach dem zweiten oder dem dritten Flur die Treppe nach oben nehmen müssen?«, fragt Anna, während sie grübelnd die Fensterwand mustert.

»Ich glaube, es war der zweite«, antwortet May nach kurzer Überlegung.

»Mhm, glaube ich auch.« Ich nicke. »So«, sage ich dann und schlage meinen Kollegblock auf, in den ich die Namensliste gelegt habe, die Mrs Knidges für uns kopiert hat. »… mal gucken, wie unsere neuen Klassenkameraden heißen.«

Ich fange an zu blättern, als plötzlich von hinten ein Schatten über meine Schulter fällt.

»Hey, ich würde mich ja lieber nicht hierhersetzen«, sagt eine Mädchenstimme auf Englisch.

»Warum nicht?«, frage ich, während ich mich umdrehe.

Im selben Moment haut mir jemand aufs Knie.

Sofort wirbele ich wieder zurück und rufe: »Ey, was soll …«

Der Rest bleibt mir im Hals stecken. Denn dort ist niemand. Und May oder Anna werden mir wohl kaum so fest aufs Knie geschlagen haben!

Ohnehin sind die beiden längst aufgesprungen, und nun fällt mir auch die dicke grüne und ziemlich stachelige Kastanienfrucht auf, die neben mir auf dem Boden liegt.

Maylin stößt einen Pfiff aus.

»Deshalb ist die Bank so einsam und verlassen!«, ruft sie.

»Allerdings«, bestätigt das Mädchen, das uns gewarnt hat. Sie fasst Anna und mich am Arm und zieht uns noch ein Stück weiter fort. »Aber es ist nicht der einzige Grund.«

Maylin hat sich bereits in Sicherheit gebracht.

»Was denn noch?«, frage ich und mustere das Mädchen neugierig.

Sie überragt mich um mehr als einen Kopf, ist dünn und schlaksig, und ihre vom Sommer braun gebrannte Haut ist von winzigen Muttermalen übersät.

»Das willst du nicht wirklich wissen«, entgegnet sie und verdreht ihre großen braunen Augen. »Mein Name ist übrigens Poppy. Poppy Adams.«

»Hi, Poppy«, sage ich und halte ihr meine Hand zum Einschlagen hin. »Und wie ich das wissen will.«

»Na ja, also …«, druckst sie. »Nachts hängen hier manchmal so ein paar wilde Typen rum … rauchen, trinken Bier und so. Und wenn die dann mal müssen, suchen sie sich nicht immer eine dunkle Ecke.«

»Bäh!«

Obwohl Anna sich bereits zwei Meter von der Bank und der mit Früchten werfenden Kastanie entfernt hat, macht sie noch einen Riesensatz weiter weg.

»Also, letzte Nacht waren die bestimmt nicht hier«, meint Maylin. »Das würde man doch riechen.«

»Wahrscheinlich hat einer der Gebäudewarte die Bank heute früh abgespritzt«, gibt Poppy achselzuckend zurück. Sie streckt ihren Arm aus und deutet auf ein fünfstöckiges dunkelrotes Klinkerhaus, das sich gegenüber der Rasenfläche auf der anderen Straßenseite befindet. »Da wohne ich übrigens. Dritte Etage links.«

»Keine Sorge, Hoppy-Poppy«, ertönt eine höhnische Stimme hinter uns. »Die hübschen deutschen Austauschschülerinnen werden dich schon nicht mit ihrem Besuch belästigen.«

»Ts!«, macht Anna. Kopfschüttelnd fährt sie herum. »Wie bist du denn drauf?«

May und ich drehen uns ebenfalls um. Nur Poppy bleibt abgewandt stehen, schließt die Augen und sendet so etwas wie ein Stoßgebet in den Himmel.

Vor uns stehen zwei Mädchen, die mir eben im Klassenraum schon aufgefallen sind. Nicht dass sie etwas übermäßig Intelligentes von sich gegeben hätten. O nein! Wenn ich mich recht erinnere, haben sie eigentlich gar nichts gesagt oder zumindest nichts, was in irgendeiner Weise mit dem Unterricht zu tun hatte. Ins Auge gestochen sind sie mir vor allem, weil sie wie Zwillinge herumlaufen, obwohl sie ganz offensichtlich keine sind. Dafür sehen ihre Gesichter einfach zu verschieden aus. Beide Mädchen haben schulterlange Locken – die eine in Braun und die andere in Blond –, auffällig mit Lidschatten, Eyeliner und Wimperntusche geschminkte Augen, und sie tragen topmodische teure Markenklamotten.

»Wie auch immer«, meint die Blondgelockte, nachdem sie zuerst Anna und danach mich und May von oben bis unten abgescannt hat. »Mit Hoppy-Poppy solltet ihr euch jedenfalls besser nicht abgeben.«

»Wer sagt das?«, frage ich.

Anstelle einer Antwort bekomme ich ein müdes, choreografisch allerdings perfekt einstudiertes Doppel-Schulterzucken.

»Ist nur ’ne Empfehlung«, meint die Dunkelhaarige mit einem überheblichen Lächeln.

Sie hakt sich bei ihrer Freundin unter, und die beiden schlendern mit hochgereckten Köpfen und ohne ein weiteres Wort davon.

»Das waren Charlotte Milton und Summer Leicesterspoon oder auch die Queenies, wie sie sich selber nennen«, stöhnt Poppy. »Ich schwöre euch, dass ich den beiden nie etwas getan habe, und trotzdem ...«

»Lästerlöffel?«, kiekst Anna dazwischen. »Haha! Ich finde, das passt!«

Poppy schneidet eine Grimasse. Verständnislos guckt sie meine Freundin an. Und wie sich zeigt, ist es gar nicht so einfach, unserer englischen Mitschülerin zu erklären, dass Leicester genauso ausgesprochen wird wie das deutsche Wort »lästern«, dessen Übersetzung uns dann aber leider nicht einfällt.

»To speak bad things about somebody«, platzt es schließlich aus Maylin heraus – worüber sie selber anscheinend genauso verdutzt ist wie Anna und ich.

»Oh!« Poppys Miene hellt sich auf. »You mean *to defame* or ... *to bitch about somebody*!«

Ich recke den Daumen und zwinkere ihr zu. »Bitch« scheint mir auf jeden Fall der passende Begriff zu sein.

Poppy zwinkert zurück und nickt eifrig. »Genau so ist es. Summer und Charlotte sind echte Lästermäuler.«

»Und du behauptest, du kannst kein Englisch«, sage ich grinsend zu May.

»Tja ... ähm ... Überraschung!«, meint sie seufzend und grinst erleichtert zurück.

Für mich besteht überhaupt kein Zweifel daran, dass Poppy schwer in Ordnung ist, während Charlotte und Summer wohl eher in die Kategorie Jane, Michelle und Franziska gehören. – Mit dem Unterschied, dass im Gegensatz zu den heimischen Zicken, die alle aus ganz normalen Verhältnissen stammen, diesen beiden Queenies das Geld in Fünfzig-Pfund-Noten aus den Ohren herauszuwachsen scheint.

»Summers Vater ist ein ganz hohes Tier in der Lloyds Banking Group«, bestätigt Poppy meine Vermutung. »Und Charlottes Eltern besitzen eine Herrenausstatter-Kette.« Sie verdreht stöhnend die Augen. »Die beiden sind eindeutig was Besseres. Und das lassen sie voll raushängen.«

Inzwischen ist die Pause zu Ende, und wir sind auf dem Rückweg in unseren Klassenraum.

In der ersten Doppelstunde ist mir Poppy Adams überhaupt nicht aufgefallen, und ich schätze mal, dass es May und Anna da nicht anders ging, aber jetzt bin ich wirklich froh, dass wir in dieselbe Klasse gehen. Denn erstens hätten wir nie und nimmer alleine zurückgefunden (weil wir nämlich wie geplant die Treppe hinter dem zweiten Flur hinaufgestiegen wären, was sich just in dieser Sekunde, als wir daran vorbeimarschieren, als Fehler herausstellt :-P), und zweitens mag ich sie mit jedem Wort, das wir miteinander wechseln, lieber.

Poppy ist weder überkandidelt noch graumäusig, sondern ein ganz normales nettes Mädchen. Sie trägt Jeans, Shirts und Chucks, die sich auf den zweiten Blick zwar als Fake herausstellen, allerdings so hübsch mit Blumen, Schmetterlingen und Mustern bestickt sind, dass ich meinen Blick kaum davon lassen kann.

»Hast du die selbst verziert?«, frage ich, nachdem wir den dritten Flur hinter uns gelassen haben und Poppy uns auf die nachfolgende Treppe zuführt.

»Jap. Das ist meine große Leidenschaft«, gibt sie mit einem Achselzucken zu. »Ich liebe es, meine Sachen aufzupeppen.«

»Ist nicht wahr!«, stößt Anna aus.

»Doch«, erwidert Poppy. Ein wenig unsicher gleitet ihr Blick zwischen Anna, Maylin und mir hin und her. »Ich hoffe, ihr findet das nicht genauso crazy wie Charlotte und Summer.«

»Im Gegenteil«, jubiliere ich und spüre, wie sich das Strahlen einer ganzen Honigkuchenpferdeherde auf meinem Gesicht ausbreitet. »Willkommen im Club!«

Ein überraschendes Geständnis

»Puh, mir qualmt vielleicht der Schädel!«, stöhnt Anna, als wir nach der achten Unterrichtsstunde das Schulgelände verlassen. »Das war ganz schön anstrengend!«

»Wem sagst du das«, brumme ich, während ich mich mit hängenden Schultern neben ihr herschleppe. »Dieser Mister Brighton hätte mich fast in den Wahnsinn getrieben. Wie kann man nur so undeutlich sprechen! Noch dazu vor Schülern!«

»Vielleicht war es ja ein Dialekt«, meint Maylin. »Oder er hat einen Sprachfehler.«

Anna haucht ihr einen Kuss ins Haar.

»Liebe May«, seufzt sie. »Du hast wirklich für alles und jeden Verständnis.«

»Klar«, erwidert meine beste Freundin Nummer zwei. »Alles andere bringt doch eh nix.«

»Manchmal muss man aber auch etwas ändern«, halte ich ein wenig ungeduldig dagegen. »Oder zumindest sagen, was einen stört.«

»Im Fall von Mister Brighton stimme ich dir da voll und ganz zu«, sagt Anna. »Wenn wir ihn das nächste Mal haben, werde ich ihn darum bitten, wenigstens ein bisschen langsamer zu sprechen. Ich weiß ja nicht mal, welches Fach er unterrichtet hat.«

»Das wird Poppy uns schon noch erklären«, gebe ich voller Zuversicht zurück.

Anna nickt. »Gut, dass sie in unserer Klasse ist. Und noch besser, dass wir jetzt neben ihr sitzen.«

»Stimmt«, sagt May. »Ich mag Poppy richtig gern.«

Erst als die Silhouette von Opa Prinsloo in der Ferne auftaucht, merken wir, dass wir den größten Teil des Weges bis zur Underground ganz alleine zurückgelegt haben.

»Ich sehe schon, ihr braucht mich gar nicht«, begrüßt er uns, und deshalb dürfen wir dann den ganzen Rest auch noch ohne seine Hilfe bewältigen. – Was zu unserem Erstaunen überhaupt kein Problem ist.

Offenbar haben sich unsere Gehirne heute Morgen automatisch ein paar entscheidende Dinge eingeprägt. Sobald ich nicht mehr weiterweiß, entdeckt Maylin ein Schild, das ihr bekannt vorkommt, oder Anna erinnert sich an einen Laden, an dem wir in der Früh vorbeigelaufen sind. Ehe wir's uns versehen, sind wir bei der U-Bahn-Station und eine Viertelstunde später stürmen wir in die Penthouse-Wohnung meiner Großeltern, wo uns der köstliche Duft nach gebratenem Hähnchen empfängt.

»Oh Mann, ich hab vielleicht einen Hunger«, sagt Anna. Sie lässt sich als Erste am Esstisch nieder und schenkt Oma Prinsloo ein verschmitztes Lächeln. »Ich hoffe, Sie nehmen mir das nicht übel.«

»Das nicht«, erwidert meine Großmutter und hält uns

unsere vollen Porridge-Dosen unter die Nase. »Dies hier allerdings schon.«

Oh Mann! Die habe ich ja völlig vergessen!

»Du kannst doch nicht einfach unsere Rucksäcke durchsuchen«, trete ich die Flucht nach vorn an. »Also, meinen ja vielleicht schon, aber doch nicht die von Anna und May.«

»Tja, meine Liebe«, mischt Opa Prinsloo sich ein. »Da muss ich unserer Enkelin leider recht geben.« Er setzt eine strenge Miene auf. »So etwas gehört sich einfach nicht.«

»Und wie lange hätte das gute Porridge deiner Ansicht nach in den Rucksäcken verbleiben sollen?«, kontert meine Großmutter.

»Wir hätten es schon selber gemerkt«, sage ich und setze mich ebenfalls. »Wir sind ja schließlich keine Erstklässler mehr.«

Oma Prinsloo kneift ihr rechtes Auge zusammen und mustert mich durch ihr linkes nun umso schärfer. »Und es stillschweigend in den Müll entsorgt?«, will sie wissen. »Oder in die Toilette gekippt?«

»Nein … ähm …«, beginnt May, die einen Zwei-Meter-Sicherheitsabstand vom Tisch hält und unschlüssig von einem Bein aufs andere tritt.

»Jane … Liebes …« Mein Opa berührt meine Oma sanft an der Schulter. »Hast du heute Morgen denn gar nicht gemerkt, dass den Mädchen dieser Pamps nicht schmeckt?«

»Wie sollte ich?«, entgegnet Oma Prinsloo aufgebracht. »Sie haben es ja nicht mal angerührt.«

Mein Großvater nickt. »Eben.«

»Aber früher hat Emely es doch auch gegessen«, verteidigt

sich Oma Prinsloo. »Und wenn ich dich erinnern darf: Du liebst diesen *Pamps.*«

»Allerdings.« Mein Opa reibt sich die Hände, und in seinen hellen blauen Augen blitzt es übermütig. »Ich freue mich schon auf meine drei Extraportionen heute Nachmittag zum Tee.«

Meine Großmutter will zum Protest ansetzen, aber Opa Prinsloo lässt sie nicht zu Wort kommen.

»Well, my sweet little darling«, schmeichelt er. »May I have the chicken wings?«

Nach dem Mittagessen räumen Anna und Maylin den Tisch ab, während ich mich mit dem Telefon ins leer geräumte Gästezimmer verziehe, um Moms anzurufen und das geplante Huhn mit ihr zu rupfen. Doch an ihrer oder Teos Stelle meldet sich Phineas.

»Und? Wie war euer erster Schultag in der Fremde?«, erkundigt er sich.

»Ist meine Mutter zu Hause?«, frage ich.

»Nee, wieso?«

»Vielleicht, weil ich gerne ein bisschen mit ihr plaudern würde«, knurre ich.

»Das kannst du auch mit mir«, erwidert Phin.

»Und wenn ich nicht will?«

Phineas schweigt.

»Tja, dann …«, meint er nach einer Weile, und ich denke schon, er kappt jeden Augenblick die Verbindung. Doch er atmet einfach wortlos weiter ins Telefon.

Also nehme ich meinen ganzen Mut zusammen und frage

ihn das, was ich im Grunde gestern Abend schon hätte aufs Tablett bringen müssen.

»Wieso machst du eigentlich immer so blöde Andeutungen? Mit jemandem, der mich dauernd beleidigt, habe ich nämlich wenig Lust zu plaudern.«

»Okay …«, sagt Phineas zögernd. »Wann habe ich dich denn beleidigt?«

»Gestern.«

»Aha … Und womit?«

»Indem du mir unterstellt hast, dass ich mich sowieso in niemanden verlieben kann.«

Paff! Da ist es heraus. Und das tut ziemlich gut.

»Das war keine Unterstellung, sondern eine Frage«, erwidert Phin. »Außerdem habe ich es so nicht gesagt.«

Nee, aber gedacht!

»Trotzdem war es eine Beleidigung«, stelle ich deshalb noch einmal nachdrücklich klar.

»Oh!« Phineas scheint echt erstaunt zu sein. »Tut mir leid, wenn du das so siehst«, entgegnet er. »Es war jedenfalls nicht so gemeint, sondern sollte dich bloß zum Nachdenken anregen.«

»Und worüber?«, platzt es aus mir heraus. »Ob ich dich eventuell ganz besonders mag, oder was?«

»Nee, eigentlich nicht«, kommt es ebenso spontan von ihm zurück.

Puh! Jetzt bin *ich* sprachlos.

Mein Gehirn fühlt sich an, als würde es sich in ein dickes fettes UMPF! verformen. Gleichzeitig steigt eine glühende Hitze hinter meinen Ohren auf und verwandelt meine Wangen innerhalb von Sekundenbruchteilen in zwei glühende Herdplatten.

Vielleicht sollte ich Oma Prinsloo mal fragen, ob sie für morgen schon etwas vorkochen möchte, oder mich doch lieber gleich in Luft auflösen – und zwar für den Rest meines Lebens.

»Wieso?«, fragt Phineas nun auch noch.

Ich schließe die Augen und fange an zu beten, dass das nur ein böser Traum ist und ich jeden Moment die Augen aufschlage und mich bei meinen Großeltern im Wohnzimmer auf dem Sofa wiederfinde.

Phin räuspert sich.

»Du denkst doch nicht etwa, dass ich …?«

Okay, Em, sage ich mir. Das ist deine Chance. Ergreife sie oder gehe für immer in die ewigen Jagdgründe der Peinlichkeiten ein.

»Ich doch nicht!«, rufe ich, und zum Glück gelingt es mir, ausreichend Empörung in meine Stimme zu legen.

»Wer sonst?«

Klar, hätte ich mir ja denken können, dass Phin das jetzt ganz genau wissen will.

»Anna behauptet es«, sage ich leise.

Schweigen wäre sowieso sinnlos gewesen. Das tut nun allerdings Phineas wieder, und ich überlege, ob ich die Gelegenheit nutzen und einfach auflegen soll. Aber dann krächzt er plötzlich:

»Ich glaube, du hast da was total falsch verstanden.«

Ich?!

Obwohl, möglicherweise hat er recht. Zumindest ein bisschen. Im Augenblick kann ich ja nicht mal sagen, ob ich erleichtert, bestürzt oder frustriert bin.

Ich fühle mich einfach nur komisch.

»Emely …?«, tastet sich Phin vor. »Alles okay?«

»Ja … ja …«

»Du hast dir doch keine Hoffnungen gemacht … oder …?«

Waaas?!

»Nein!«

Phineas atmet hörbar aus.

»Mann, da bin ich aber froh!«

Mühsam ringe ich mir ein »Okay«, aus der Kehle, allerdings mehr, um überhaupt etwas zu sagen.

»Ich mag dich nämlich echt gern!«, teilt er mir mit.

Nur raus damit, Phin!, würde ich ihn am liebsten ermuntern. Ich bin gerade so was von empfänglich für Liebeserklärungen aller Art!

»Also, natürlich nicht so!«

Nee, schon klar.

»Aber es gibt ein bestimmtes Mädchen in deinem Leben?«, taste ich mich vor.

»Ähm …«, druckst er. »Ja …«

»Schon länger?«

»Nope.«

»Hast du sie über Teo kennengelernt?«, frage ich, denn es erscheint mir nur logisch, dass es Phineas erst in den letzten Tagen erwischt hat. Zum Beispiel in seiner neuen Schule.

Umso mehr überrascht mich seine Antwort.

»Ja … auch. Aber eher weniger, sondern mehr über … ähm … dich.«

Moment mal … Moment mal … Moment mal …

Mein Herz fängt wie wild an zu klopfen.

»Du redest jetzt aber nicht von Anna!«, schießt es aus mir heraus.

Phineas stöhnt.

»Nee, nee, keine Sorge.«

Okay, aber wer dann …?

Blöde Frage!

Oh mein Gott. Oh mein Gott. OH. MEIN. GOTT!!!

»Tja«, meint Phineas. »Pech für mich.«

Mit einem Mal fällt es mir wie Schuppen von den Augen.

Darüber hatte er also mit mir sprechen wollen! Und als ich gestern erwähnte, dass Maylin in Julius verliebt ist oder war, war das Thema für Phin natürlich erledigt gewesen.

»Verdammt noch mal, du Blödmann!«, fahre ich ihn an. »Davon hat man nicht die Spur gemerkt!«

Im Gegenteil. Eigentlich hat er May eher ein bisschen links liegen lassen. – Und stattdessen Anna und vor allem mich!!! wie eine liebestrunkene Mücke umschwirrt. (Na ja, das mag vielleicht ein bisschen übertrieben sein, aber mir ist gerade danach!)

»Du bist so ein Idiot!«, schimpfe ich weiter.

Phin hätte May während unseres Nordseeurlaubs zeigen müssen, dass er sie mag.

Vielleicht hätte sie Julius dann vergessen, und diese ganze wirr gemusterte Kacke um ihn mit dem gestellten Kuss und dem Foto und den Gemeinheiten an der Tafel wäre gar nicht erst passiert!

»Du verstehst das eben nicht«, sagt Phineas leise. »Es ist

nämlich nicht so einfach, jemandem zu gestehen, dass man ihn mehr mag als alles andere auf der Welt.«

Puh! Wenn May das wüsste! – Ob es sie glücklich machen würde?

»Und wenn schon«, gebe ich ebenso leise zurück, denn in diesem Augenblick merke ich plötzlich zu meiner eigenen Überraschung, dass zumindest ich fast ein klitzekleines bisschen glücklich bin.

Vielleicht wird ja doch noch alles gut.

Auf jeden Fall werde ich May auf den Zahn fühlen. Sehr, sehr vorsichtig natürlich. So viel ist ja mal klar.

Am nächsten Morgen laufen wir wieder um dieselbe Zeit los. Diesmal geht Opa Prinsloo allerdings hinter uns und greift nur ein, wenn wir die verkehrte Richtung ansteuern, was jedoch so gut wie fast überhaupt nicht vorkommt.

Bis zur Underground schaffen wir es bereits blind, und auch das Umsteigen stellt kein Problem dar.

Der Zick-Zack-Kurs zur Schule fordert uns dann aber schon ein bisschen heraus, was vor allem daran liegt, dass wir uns an zwei, drei Kreuzungspunkten nicht richtig einig werden können.

Mein Großvater lässt uns eine Weile diskutieren und geht dann einfach weiter, sodass uns nichts anderes übrig bleibt, als ihm zu folgen. Schließlich taucht das imposante Gebäude der Comprehensive School vor uns auf, und nun sind Anna, May und ich uns absolut sicher, dass wir uns weder heute Nachmittag noch morgen auf dem Schulweg verlaufen werden.

»Ich fahre euch trotzdem entgegen«, beharrt Opa Prinsloo. »Sicher ist sicher.«

Poppy steht bereits im Eingang.

»Hey!«, begrüßt sie uns fröhlich, hebt ihre Hand und lässt sich von meinen Freundinnen und mir High Five geben.

»Igitt, Hoppy-Poppy, man muss ja aufpassen, dass man an deiner Schleimspur nicht kleben bleibt«, spottet Summer, die sich mit Charlotte am Arm an uns verbeizwängt.

Die beiden machen extra lange Staksschritte und verziehen dabei angewidert ihre Gesichter.

»Ihr seid ja bloß neidisch!«, ruft Poppy ihnen hinterher.

Charlotte dreht sich zu uns um. »Auf dich?«, fragt sie und rollt mit den Augen. »Das wüsste ich aber!«

»Sei einfach still«, raunt Maylin Poppy zu. »Irgendwann hören die von ganz allein auf.«

Wir warten, bis Charlotte und Summer hinter einer Schülergruppe verschwunden sind, und gehen dann ebenfalls hinein.

»Ich kenne das nämlich sehr gut«, sagt May, und mit dem nächsten Atemzug fängt sie an, von Jane, Michelle und Franziska zu erzählen. Zunächst stockend, weil ihr nicht immer gleich die passenden englischen Wörter einfallen, aber mit der Zeit und Annas und meiner Hilfe klappt es immer besser.

»Zum Schluss hat mich die ganze Klasse geärgert«, endet sie, kurz bevor wir den Klassenraum erreichen. »Und Emely und Anna gleich mit. Die gönnen es mir nämlich nicht, dass die beiden sich mit mir angefreundet haben.«

Poppy hat sehr aufmerksam zugehört und immer wieder genickt. Mittlerweile sieht sie richtig traurig aus.

»There's no way out of it«, murmelt sie. »Whatever you try, whatever you say or do, they will be always against you.«

»No«, sage ich energisch. »No!«

Denn das will ich auf keinen Fall akzeptieren.

Da Mrs Knidges aber bereits hinter ihrem Pult steht und uns ungeduldig hereinwinkt, müssen wir das Thema leider auf später verschieben.

»Sicher habt ihr euch ein wenig gewundert, dass wir bereits jetzt, vier Wochen vor dem offiziellen Termin, drei Schülerinnen aus Deutschland bei uns in der Klasse begrüßen dürfen«, beginnt Mrs Knidges die heutige Englischstunde. »Und natürlich hat es einen ganz besonderen Grund. Emely, Anna und May betreiben einen eigenen Blog, mit dem Ziel, Tieren in Not zu helfen. Und sie haben wirklich viele kreative Ideen«, setzt sie mit einem anerkennenden Nicken in unsere Richtung hinzu.

Der Arm eines kleinen blassen Jungen mit halblangen schwarzen Haaren schnellt in die Höhe.

»Ja, bitte, Shane …« Mrs Knidges wendet sich ihm zu. »Was möchtest du sagen?«

»Sie passen voll gut in die Projektwoche für unser Schuljubiläum«, antwortet er, nachdem er sich gerade aufgerichtet und sich eine Haarsträhne aus der Stirn gestrichen hat.

»Exactly!«, lobt Mrs Knidges. Sie nimmt ein Stück Kreide aus einem Plastikkörbchen und schreibt den Link zu unserem Blog an die Tafel. »Natürlich ist alles auf Deutsch, aber die

Seiten sind sehr hübsch aufgemacht. Es lohnt sich auf jeden Fall, einmal einen Blick darauf zu werfen.«

»Sie erwarten aber nicht, dass wir jetzt alle so etwas machen, oder?«, ruft Summer unaufgefordert in die Klasse.

»Nein, eigentlich erwarte ich nur, dass man sich meldet, bevor man etwas sagt«, gibt Mrs Knidges ungerührt zurück.

»Ach, das ist doch total von gestern«, stöhnt Charlotte. »Wenn Summer oder ich warten, bis Sie uns drannehmen, kommen wir ja nie zu Wort.«

»Nun, das sehe ich ein wenig anders«, erwidert Mrs Knidges. »Für mich hat es vor allem mit Höflichkeit zu tun. Manche Menschen benutzen Worte nämlich wie Ellenbogen, und das gefällt mir gar nicht.«

»Ts«, macht Charlotte und schiebt beleidigt ihre Unterlippe vor.

Mrs Knidges beachtet sie nicht weiter und richtet sich jetzt wieder an die ganze Klasse.

»Ich bin mir sehr sicher: Die Kreativität unserer drei Austauschschülerinnen und ihre Sensibilität gegenüber Hilfsbedürftigen werden unsere Projektwochen bereichern. Im Gegenzug können Emely, Anna und Maylin ihre englischen Sprachkenntnisse in ganz besonderer Weise vertiefen. Wir haben also alle etwas davon.«

Shane, Poppy und ein Großteil der übrigen Schüler und Schülerinnen klopfen auf ihren Tischen Beifall. Nur Summer und Charlotte rühren sich nicht. Als ein paar Mädchen aus ihrer Ecke es bemerken, ziehen sie hastig ihre Hände zurück und lassen sie schuldbewusst unter dem Tisch verschwinden.

»Ich habe mir inzwischen eure Projektpläne angeschaut«, fährt Mrs Knidges unterdessen fort. »Und ich muss sagen, es sind wirklich sehr viele schöne Ideen dabei. So zum Beispiel das, was Charlotte und Summer vorhaben, nämlich neue Hockey-Outfits entwerfen … Mit der einzigen Einschränkung jedoch, dass mir der gute Zweck dahinter nicht ganz einleuchtet.«

Wie einstudiert schießen die Queenies von ihren Stühlen hoch.

»Fürs Tierheim sammeln kann ja wohl jeder«, schnauzt Summer. »Und die *Hilfsbedürftigen* kriegen ja sowieso alles in den Hintern geschoben.«

»Das stimmt so nicht«, erwidert Mrs Knidges. »Mal abgesehen davon, dass man sich auch etwas gewählter ausdrücken kann. Tja, und was den Westender HC betrifft, gehört er zu einem der wohlhabendsten Hockeyclubs Englands. Insofern ist es mir völlig schleierhaft, wie ihr auf die Idee kommt, für ihn zu sammeln.«

Aus Shanes Ecke ertönt ein unterdrücktes Kichern.

»Doch nicht für den Club«, betont Charlotte und verdreht theatralisch die Augen. »Sondern für die Mädchenmannschaft.«

»Aha, so, so.« Mrs Knidges spitzt die Lippen. »Gehe ich recht in der Annahme, dass ihr Teil dieser Mannschaft seid?«

»Ja und?«, blafft Summer. »Das Geld ist schließlich nicht direkt für uns, sondern …«

»Für die Mannschaftskasse?«, hakt Mrs Knidges sofort ein. »Damit ihr euch auf eurem nächsten Mannschaftsausflug in ein Schloss einmieten könnt, anstatt noch einmal in einem dieser spartanischen Goring-Hotels residieren zu müssen?«

»Sie haben ja keine Ahnung!«, platzt es aus Summer heraus. »Das Goring ist doch nicht spartanisch. Dort gibt es nur Suiten, das beste Essen, ein Schwimmbad und einen riesigen Wellnessbereich ... Manche haben sogar einen eigenen Golfplatz.«

Mrs Knidges nickt. »Eben darum brauchen sie auch eure tatkräftige Unterstützung, nicht wahr?«

Summer und Charlotte gucken die Englischlehrerin an, als käme sie aus einer fremden Galaxie. Ihre Münder stehen halb offen, es kommt jedoch kein Ton heraus.

Shane und ein paar andere Jungs, die in seiner Nähe sitzen, geben Stöhn- und Grunzlaute von sich und schlagen sich mit den Handballen gegen ihre Schläfen. Die Mädchen, die ihren Applaus eben so erschrocken abgebrochen haben, rutschen nun unruhig auf ihren Stühlen hin und her.

»Eine Hallenhockey-Mannschaft besteht aus sechs Spielerinnen, hab ich recht?«, fragt Mrs Knidges.

Charlotte und Summer nicken total gleichzeitig, so als wären sie von jemandem programmiert worden.

»Gut«, sagt Mrs Knidges mit einem Lächeln. »Da Poppy und ihr ganz ähnliche Interessen habt und auch eure Vorschläge für das Jubiläum einander gleichen ...«

»Waaas?«, brüllen Charlotte und Summer wie aus einem Mund.

»Poppy Adams und wir sind so verschieden wie ein trockener Toast und ein Fünf-Sterne-Menü«, bringt Charlotte es auf den Punkt.

»Das mag durchaus sein«, erwidert Mrs Knidges lächelnd. »Dennoch habt ihr sehr ähnliche Ideen. Beide haben in gewisser Weise mit Mode zu tun. Ich denke also, ihr und Poppy passt ganz wunderbar in eine Gruppe … Zusammen mit Emely, May und Anna.«

1 Projekt für 4 (+2)

An diesem Abend telefoniere ich endlich mit Moms. Und siehe da: Sie entschuldigt sich dafür, dass sie Phineas einfach ohne mein Wissen in meinem Zimmer einquartiert hat.

»Es tut mir leid, Emely, ich hätte dich fragen sollen«, erklärt sie mit jeder Menge Schuldbewusstsein in der Stimme. »Ich weiß auch nicht … Irgendwie bin ich davon ausgegangen, dass es dir nichts ausmacht. Das war natürlich blöd von mir.«

»Allerdings«, brumme ich, und plötzlich müssen wir beide lachen.

»Ich habe schon mit Phineas gesprochen«, fährt Moms fort. »Es ist kein Problem für ihn, in Pops Arbeitszimmer zu wohnen. Er würde Missie H. aber gerne mitnehmen.«

»Okay …«

Muss ich jetzt etwa eifersüchtig sein?

»Er kümmert sich wirklich rührend um sie«, bekräftigt Moms.

Au weia!

»Und was, wenn sie mich dann nicht mehr mag?«, krächze ich.

Oder mich nach acht Wochen gar nicht mehr wiedererkennt?

Oder (HORROR!!!) – Phin sich so sehr in sie verguckt, dass er sie behalten will?

»Emely«, sagt Moms – mehr nicht.

»Du hast ja recht«, lenke ich zähneknirschend ein.

Phin wohnt nur drei Wochen bei uns. Danach sind meine Mutter und mein Bruder für meine Katze da. Phineas wird sie mir auch ganz sicher nicht wegnehmen, sondern sich allenfalls eine eigene wünschen. Und selbst wenn Missie H. in zwei Monaten nicht mehr weiß, wer ich bin, werde ich ihr Herz im Sturm zurückerobern. – Wäre doch gelacht, wenn nicht!

»Phin kann ruhig in meinem Zimmer bleiben«, sage ich, und Moms atmet erleichtert auf.

Danach unterhalten wir uns über Robert Clooney (wie ich GCIJ inzwischen nenne), mit dem meine Mutter einen Vertrag geschlossen hat, sich die Leitung des *Dress 'n Veggies* zu teilen.

»Er wickelt jede Kundin um den Finger«, erzählt Moms stolz. »Wenn Robert im Laden steht, machen wir eindeutig mehr Umsatz.«

»Dann bräuchtest du ja eigentlich überhaupt nicht mehr hin«, frotzele ich, aber das will sie dann auch nicht hören.

»Und bei euch?«, wechselt sie das Thema. »Wie kommt ihr auf dieser englischen Schule zurecht?«

»Eigentlich super«, sage ich.

»Aber?«, fragt Moms.

»Na ja, Nitschie … das ist unsere Klassenlehrerin …«

»Moment mal«, unterbricht meine Mutter mich. »Wie heißt die?«

»Mrs Knidges, aber Anna, May und ich nennen sie Nitschie.«

»So … so …«

»Das ist total nett gemeint!«, verteidige ich uns. »Mrs Knidges ist wirklich großartig.«

»Aber?«, fragt Moms noch einmal.

»Sie hat uns mit den blödesten Angeberschnepfen aus der Klasse in eine Arbeitsgruppe gesteckt«, antworte ich. »Doch keine Sorge, damit kommen wir schon klar.«

Schließlich sind wir vier (Netties) gegen zwei (Zickies)!

Im Augenblick interessiert mich eigentlich viel mehr, was daheim in unserer Schule abgeht. Ob es wohl schon eine Klassenkonferenz gegeben hat? Blöd, dass ich die Telefonnummer von Frau Schnacke vor den Sommerferien aus meinem Handyspeicher gelöscht habe. Aber ich dachte ja, dass wir einen neuen Klassenlehrer kriegen.

»Na, dann wünsche ich euch viel Spaß bei eurem Projekt«, sagt Moms. »Ich habe keinen Zweifel daran, dass ihr das hinbekommt. Im Übrigen ist es manchmal gar nicht so schlecht, wenn einem ein bisschen Gegenwind um die Nase bläst. Letztendlich macht es uns nämlich stark.«

Vermutlich hat sie recht. Trotzdem wäre es mir lieber, wenn der Gegenwind, mit dem Anna, May und ich (ohne Poppy zu vergessen) uns momentan herumschlagen müssen, nicht so hübsche Namen wie Summer, Charlotte, Jane, Michelle oder Franziska tragen würde. Doch das spreche ich nicht aus.

Moms weiß nicht, was vor dem Flug nach London in unserer Klasse abgegangen ist.

»Zunächst einmal versuchen wir, das Problem ganz in Ruhe innerhalb der Schule zu lösen, und ich bin sehr sicher, dass das gelingt«, hat Frau Schnacke gemeint. »Natürlich kann und will ich euch nicht daran hindern, euch euren Eltern anzuvertrauen, und wenn ihr das Bedürfnis habt, dies zu tun, dann macht es bitte. In dem Fall wüsste ich nur gern darüber Bescheid.«

Anna, May und ich sind uns sofort einig gewesen, dass wir es – zumindest vorläufig – nicht erzählen. Unsere Eltern hätten sich wahrscheinlich noch mehr darüber aufgeregt als wir selbst und uns womöglich gar nicht erst nach England fahren lassen.

Ein blödes Gefühl ist es aber schon, vor Moms und Pops ein solches Geheimnis zu haben, und ich bin fest entschlossen, ihnen spätestens nach unserer Rückkehr alles zu sagen. Und zwar ganz egal, wie die Geschichte am Ende ausgeht.

Nachdem Moms und ich noch ein bisschen über Oma und Opa Prinsloo und über London gequatscht haben, verabschiede ich mich mit lieben Grüßen an Phin und Teo und begebe mich auf WhatsApp.

Uuups! Was springt mir denn da ins Auge? – Eine Nachricht von Jona! Und sie ist gerade mal zwanzig Sekunden alt.

Em, wieso meldest du dich nicht?

Du doch auch nicht!, antworte ich.

Stimmt :/

Dann passiert erst einmal eine Weile nichts. Zumindest auf dem Display. In mir selbst tobt der Bär – oder was weiß ich, wer oder was mein Herz dazu veranlasst, einen derartigen Galopp hinzulegen!

Ich wusste eben nicht … schreiben wir gleichzeitig, und ich schicke ein Lach-Smiley hinterher.

Jona antwortet mit ;)

Oh, Mann! Keine Ahnung, was ich damit anfangen soll. Und Jonas nächster Post macht das Ganze auch nicht besser.

Schade, dass du jetzt nicht hier bist.

Wieso?, frage ich zaghaft zurück.

Dann könnte ich es dir persönlich sagen.

Oh Mann! Wenn das so weitergeht, bringt mein Herzschlag mich garantiert um!

Was denn?, frage ich noch ungefähr eine Million mal zaghafter zurück.

Na, das mit Birke.

Ich höre auf zu atmen. Ein Krimi könnte nicht spannender sein!

Hast du mit ihr geredet?

Jap.

Über uns? – Oh nein, das hätte ich so lieber nicht schreiben sollen. Zu spät!

Jap!

Und?

Sie hat Schluss gemacht.

Oje, oje! Eigentlich müsste ich mich jetzt freuen. Tu ich aber nicht, weil er gerade bestimmt furchtbar traurig ist. Es sei denn, er mag mich lieber als Birke. – Also SO lieber. Dann allerdings hätte eigentlich *er* mit *ihr* Schluss machen müssen.

Und was nun?, frage ich.

Das erscheint mir am unverfänglichsten. Außerdem kriege ich mit meinen zittrigen Fingern nicht mehr aufs Display getippt. (Verflucht, wieso zittern die überhaupt? Wir haben Spätsommer. Heute Mittag waren es zweiundzwanzig Grad im Schatten. Anfang September schon Handschuhe zu tragen, wäre wohl ein wenig übertrieben!)

»Hallo, Em«, sagt mein inneres Ich. »Denk doch mal nach! Finger zittern nicht, wenn sie frieren. Sie werden einfach bloß kalt!«

»Ja und?«, gebe ich grummelnd zurück. »Das hilft mir jetzt auch nicht weiter!«

Ist schon okay, antwortet Jona.

Ungläubig starre ich mein Handy an. Vielleicht hat es beschlossen, eine eigene Persönlichkeit zu sein und mich zukünftig vor allem Schlechten zu bewahren.

Trotzdem hake ich lieber noch mal nach.

Dann macht es dir also gar nichts aus?

Nee, eigentlich nicht, erwidert Jona.

Oha! Dazu sage ich besser nix. Ich denke sogar darüber nach, das Handy auszuschalten, die Sim-Karte zu entfernen und vor mir selbst zu verstecken. Oder Anna zu bitten, es zu tun.

»Nein, Em, ganz schlecht! Dann müsstest du es ihr erklären«, warnt mich mein inneres Ich.

Und etwas zu erklären, für das es keine Wörter gibt, weil die passenden Gedanken dazu noch gar nicht existieren, stelle ich mir ziemlich schwer vor.

Plötzlich dudelt das Handy los. Vor Schreck lasse ich es auf den Boden fallen.

Vielleicht ist es kaputtgegangen, durchzuckt es mich (hoffnungsvoll?).

»Mann, du hast ja vielleicht einen Knall!«, brumme ich, hebe das Smartphone auf und stelle die Verbindung her.

»Was ist los?«, fragt Jona. »Wieso antwortest du nicht mehr?«

Seine Stimme klingt nicht ein bisschen anders als sonst. – Was auch immer das zu bedeuten hat!

»Weil … weil …«

»Hör zu, Em«, unterbricht Jonathan mein Gestammel. »Wenn du jetzt denkst …«

»Nee, tu ich nicht!«, sage ich hastig.

»Na ja, ich würd's verstehen«, meint er und auf einmal hört er sich doch irgendwie komisch an. »Und ich wär einfach schon froh, wenn wir dort weitermachen könnten, wo wir vor Birke waren.«

»Klar«, sage ich. »Natürlich können wir das, Jona. Ist doch überhaupt kein Problem.«

»Gut, Em«, erwidert er. »Das wird schon alles wieder. Mach dir bloß keine allzu großen Gedanken.«

Ähm … worüber?, denke ich, fragen tu ich allerdings lieber nichts mehr. Eigentlich ist ja alles klar, oder nicht?

Immerhin ist Schluss zwischen meinem besten Kumpel und seiner komischen Birke. Genau das habe ich mir doch eigentlich gewünscht!

Und wieso ist mir dann jetzt überhaupt nicht nach Jubeln zumute? Und zwar so sehr nicht, dass ich es nicht mal schaffe, Anna und May davon zu erzählen?

Am nächsten Morgen verkündet Mrs Knidges, dass während der nächsten dreieinhalb Wochen nur in den ersten vier

Vormittagsstunden normaler Unterricht stattfindet. Danach dürfen sich die einzelnen Schülergruppen ihren Projekten widmen. Poppy, Charlotte, Summer, Anna, Maylin und ich setzen uns dafür in unserem Klassenraum zusammen.

»Wir machen auf jeden Fall was mit Hockey«, bestimmt Charlotte. »Sonst könnt ihr das Ganze vergessen.«

»Don't mind«, knurrt Anna. »Notfalls kämen wir auch ohne dich und Summer klar.«

Das stimmt. Allerdings habe ich keine Lust auf Streit und Stress, und deshalb versuche ich immer wieder zu beschwichtigen. Klar: Summer und Charlotte haben einen echten Sockenschuss, und ich frage mich allen Ernstes, wieso ihre Eltern sie nicht auf eine teure Privatschule geschickt haben. Dort wären sie unter ihresgleichen gewesen und hätten nicht dauernd so angeben müssen. Wenn ich Poppys Bemerkungen richtig deute, halten die beiden Schnepfen nämlich die ganze Klasse in Atem. Fast alle Jungen sind entweder in Summer oder Charlotte verknallt, und die meisten Mädchen möchten unbedingt mit ihnen befreundet sein.

»Also, ich fände es ja auch mal cool, neue Dresses für eine Sportmannschaft zu entwerfen«, sage ich. »Ob es sich dabei nun um Hockey handelt oder um …«

»Tut es!«, fährt Summer mich an. »Entweder Hockey oder wir vergessen das Ganze.«

Anna verdreht die Augen, sagt aber nichts. Maylin und Poppy, die nebeneinandersitzen, schweigen ebenfalls.

»Na ja«, sage ich. »Das würde Mrs Knidges wohl kaum akzeptieren.«

»Ist mir doch egal!«, faucht Charlotte. »Wir wollen sowieso

nicht hier sein. Auf dieser Schule für jedermann«, fügt sie abfällig hinzu.

Anna und ich tauschen einen Blick. Daher weht also der Wind! Die Queenies sind gar nicht freiwillig hier!

»Okay«, starte ich einen neuen Versuch. »Also, mir ist dieses Projekt nicht egal. Und ich schätze mal, Poppy, May und Anna geht es genauso.«

Meine drei Freundinnen nicken.

»Wenn wir uns also auf Hockey einigen ...«, fahre ich fort, werde jedoch sofort von Summer unterbrochen.

»Tun wir!«, blafft sie.

»... sollten wir uns vielleicht erst einmal überlegen, welchem guten Zweck wir diese Aktion widmen wollen«, setze ich unbeirrt hinzu.

»Emely, May und ich haben uns ja bisher meistens für notleidende Tiere engagiert«, erklärt Anna, die inzwischen mein Tablet hochgefahren und unseren Blog aufgerufen hat. »In diesem Herbst wollen wir alte selbst gestrickte Pullis sammeln, aufribbeln und aus der Wolle Mützen stricken oder häkeln. Und die verkaufen wir dann im Secondhand-Laden von Ems Mutter. Der Erlös kommt auf ein Konto und davon bezahlen wir zum Beispiel die Tierarztrechnungen von Leuten, die nur wenig Geld haben. Außerdem haben wir die Patenschaft für ein Robbenbaby übernommen.«

Summer starrt mich an, als hätten in meinem Gesicht Mund, Ohren und Nase die Plätze getauscht, und Charlotte gähnt gelangweilt.

»Evies Dad arbeitet in einer Behinderteneinrichtung«, sagt Poppy. »Dort gibt es auch eine Hockeygruppe. Ich glaube, die sitzen alle im Rollstuhl oder so. Ich kann Evie ja mal fragen«, schlägt sie vor.

»Das lässt du mal lieber sein«, erwidert Summer drohend.

Charlotte tippt sich an die Schläfe. »Ich entwerfe doch keine Sportklamotten für Behindis.«

»Das müssen wir ja auch nicht«, sage ich und bedenke sie mit einem finsteren Blick, denn es gefällt mir überhaupt nicht, wie sie über Leute mit Handicaps spricht. »Ganze Sportdresses zu nähen, ist sowieso etwas aufwendig, finde ich. Zumindest, wenn wir es selber machen wollen.« Und plötzlich reift in meinem Kopf eine Idee heran. »Wie wäre es denn, wenn wir ein Benefiz-Hockey-Spiel veranstalten und so Geld für diese Behinderten-Einrichtung sammeln?«, rufe ich aus. »Das würde doch auch prima zum Motto der Projektwoche passen.«

»Ts!«, macht Summer nur und rollt genervt mit den Augen.

»Also, ich finde Emelys Vorschlag gut«, sagt Anna.

»Ich finde ihn sogar richtig toll«, pflichtet Poppy mir bei.

»Me too«, sagt Maylin lächelnd.

Ich sehe Summer und Charlotte achselzuckend an. »Tja, damit wärt ihr dann wohl überstimmt.«

»Evie und ich kennen uns schon seit dem Kindergarten«, erzählt Poppy uns in der letzten großen Pause. Um die Bank und den Kastanienbaum machen wir mittlerweile einen großen Bogen und hocken uns stattdessen ein gutes Stück davon entfernt auf die Wiese. »Sie ist das Mädchen mit den kurzen braunen Haaren und der Brille, das neben Shane sitzt.«

»Oh, die ist ein Mädchen?«, platzt Anna verwundert heraus. »Ich dachte, sie wäre Shanes Kumpel.«

»Ist sie ja auch«, erwidert Poppy traurig. »Na ja, zumindest hängt sie mittlerweile fast nur noch mit den Jungs ab, liebt PC-Games und Fußball und so …«

»Hm.« May mustert Poppy aufmerksam. »Aber früher warst *du* mit Evie befreundet, stimmt's?«

Poppy zieht die Mundwinkel ein. »Jep.«

»Was ist passiert?«, frage ich.

»Na ja, Charlotte und Summer hat es nicht gereicht, dass sie von *fast* allen Mädchen bewundert wurden.«

»Lass mich raten!«, rufe ich. »Evie und du, ihr habt euch nichts aus ihnen gemacht.«

»Genau.« Poppy nickt. »Wir waren die Einzigen, die sich nicht für ihre Markenklamotten, ihre tollen Reisen und ihre Angebereien interessiert haben. Und das konnten sie natürlich nicht auf sich sitzen lassen.«

Anna runzelt die Stirn.

»Haben sie versucht, euch auseinanderzubringen?«

Poppy rupft ein paar Grashalme aus und schnaubt: »Allerdings, das haben sie!«

»Und wie es aussieht, ist es ihnen auch gelungen«, schlussfolgert Anna.

»Sie haben die anderen Mädchen gegen uns aufgehetzt. Ständig irgendwelche Lügengeschichten über uns erzählt und so.«

»Aber das hat euch nicht sonderlich gekratzt, oder?«

»Anfangs nicht«, bestätigt Poppy meine Bemerkung. »Da hat es uns eher noch mehr zusammengeschweißt, aber dann …«

Sie senkt den Blick und hört gar nicht mehr damit auf, Grashalme auszurupfen.

»Was dann?«, frage ich leise.

»Eines Tages haben die Queenies behauptet, dass ich sie in Wahrheit ganz toll finde und mich heimlich mit ihnen treffen würde«, bricht es aus Poppy hervor.

»Ja und?«, entgegnet Anna schulterzuckend. »Das hat Evie ja wohl nicht geglaubt!«

»Doch, hat sie«, gibt Poppy tonlos zurück. Ihre Unterlippe fängt an zu beben, und ich rechne bereits damit, dass sie jeden Moment losheult. Doch nach ein paar tiefen Atemzügen hat Poppy sich wieder im Griff. »Es war nämlich so, dass wir … also meine Eltern, meine beiden Geschwister und ich … in dem gleichen Kinofilm waren wie Summer und Charlotte.«

»Okaaayyy …« Jetzt bin ich aber wirklich neugierig!

»Tja, und da ist es dann passiert«, sagt Poppy.

»Was denn?«, stoßen May und Anna gleichzeitig aus.

»Die beiden haben mich gesehen und sofort miteinander getuschelt«, erzählt Poppy stockend weiter. »Das Übliche eben. Dachte ich zumindest. Aber dann sind sie plötzlich auf mich zugestürmt, haben mich in ihre Mitte genommen, die Arme um meinen Hals geschlungen und …«

»Und?«, hauche ich, denn jetzt kann ich die Spannung kaum noch ertragen.

»Ja, was glaubt ihr wohl?«, fragt Poppy beinahe wütend. »Ehe ich kapiert habe, was da läuft, hatte Summer bereits ihr dämliches Smartphone rausgeholt und ein Selfie von uns geschossen.«

»Oje!« Maylin wird ganz blass um die Nase. »Und das haben sie dann wohl Evie gezeigt!«

Poppy presst die Lippen zusammen. »Jap.«

Anna schüttelt unwillig den Kopf.

»Aber irgendwann ist doch bestimmt rausgekommen, dass dieses Foto gar nicht echt war.«

»Ja, schon.« Poppy seufzt schwer. »Aber da war bereits alles kaputt.«

»Heißt das etwa, du und Evie, ihr habt euch nie ausgesprochen?«, frage ich ungläubig.

»Nee, irgendwie nicht«, erwidert Poppy unglücklich. »Ich glaube, Evie hat sich furchtbar geschämt, dass sie mir so etwas zugetraut hat. Na ja, und dann ist sie in einen Fußballclub eingetreten und hat sich mit Shane und seinen Kumpels angefreundet. Wahrscheinlich würden wir jetzt sowieso nicht mehr zusammenpassen.«

»Trotzdem wirst du demnächst wohl mit ihr reden müssen«, höre ich Anna sagen.

Mein Blick ist in die Ferne geschweift, und meine Gedanken kreisen um das Foto, das Franzi von Julius und mir gemacht hat.

Wenn das mal nicht auch ein Fake gewesen ist!

Wir treffen Opa und Oma Prinsloo an der Victoria-Underground-Station.

»Also, den Rest des Heimwegs hätten wir wirklich auch allein geschafft«, begrüße ich meine Großeltern grinsend. »Es war absolut nicht nötig, zu zweit hierherzukommen und …«

»Charles und ich haben beschlossen, heute außerhalb zu essen«, fällt Oma Prinsloo mir ins Wort. »Aber zuerst fahren wir zum Optiker. Deine Brille ist nämlich fertig und muss jetzt nur noch angepasst werden.«

Oh nein! Und ich hatte so gehofft! Natürlich nicht, dass die Brille nicht mehr zu reparieren ist (das hätte nämlich Moms vermutlich zur Weißglut gebracht, was ich nun echt nicht brauche), sondern dass Opa Prinsloo sie einfach abholen kann. Ohne mich, versteht sich. Damit ich gar nicht erst in die Verlegenheit komme, Kontaktlinsen ausprobieren zu müssen.

Doch nun nimmt das Schicksal seinen Lauf.

Wir fahren eine Station mit der Victoria Line und steigen am Green Park um in die Piccadilly Line. Der Optiker befindet sich in der Nähe des Leicester Square. Es ist ein ziemlich kleiner Laden, und die beiden Leute (eine junge Frau und ein Mann in Opa Prinsloos Alter), die dort arbeiten, scheinen nur auf mich gewartet zu haben, denn beide stürzen sofort auf mich zu.

Die Frau schiebt mich in Richtung Glastresen, und der Mann pflanzt mir meine Brille auf die Nase. Er schraubt hier ein wenig und dort ein bisschen und ruckelt am Gestell und meinen Ohren herum.

»Wunderbar«, meint er schließlich. »Very nice glasses!«

Seine Augen und das schmale Gesicht erinnern mich an jemanden, mir fällt bloß leider nicht ein, an wen.

»Ähm … ja«, sage ich. »Thank you very much.«

»You're welcome«, erwidert der Mann lächelnd.

Ich sehe Anna triumphierend an. Hast du das gehört?

Zuerst muss man sich bedanken und dann erst sagt der andere »You are welcome«.

Meine Freundin schneidet eine Grimasse. Offenbar hat auch sie sich sofort an die Situation damals am Flughafen erinnert, als wir uns von dem Schalterbeamten verabschiedeten – und meinen Blick verstanden.

»And now we go to try the contacts«, sagt die Frau, umfasst meine Schultern und schiebt mich auf einen Tisch mit einem Stuhl davor zu.

»No!«, rufe ich und winde mich aus ihrem Griff. »I don't want to. I don't like them.«

»Du magst auch keine Brille«, erwidert Oma Prinsloo trocken. »Und trotzdem musst du eine tragen.«

»Ja, aber Brillen werden nicht an Tieren getestet.«

Obwohl das natürlich eine lustige Vorstellung ist!

»Die Kontaktlinsen und die dazugehörige Reinigungslösung auch nicht«, versichert meine Großmutter mir. »Oder glaubst du etwa, ich hätte es mir erlaubt, dich zu etwas zu überreden, von dem ich weiß, dass es dich in Gewissensnot gebracht hätte?«

»Mich *und* Moms!«, betone ich.

»Selbstverständlich, mein Engel.« Oma Prinsloo tätschelt mir die Wange. »Selbstverständlich.«

»Well … and now sit down, please«, säuselt die junge Frau und beschreibt mit beiden Händen einen Schlenker in Richtung Tisch.

»Jetzt mach schon«, ermuntert Anna mich. »Ein Versuch schadet doch nichts. Außerdem habe ich einen Bärenhunger«, fügt sie lautlos hinzu.

Maylin stöhnt und nickt.

Na gut, Mädels!, denke ich und stapfe auf den Tisch zu. In spätestens dreißig Sekunden sind wir hier raus. – Womit ich mich grob verschätze, denn das Ganze dauert am Ende dann doch fast eine Viertelstunde.

Nachdem ich mich auf dem »Folter«-Stuhl niedergelassen habe, legt die Optikerin einen Spiegel direkt vor mich auf den Tisch und zeigt mir, auf welche Weise ich Ober- und Unterlid auseinanderhalten soll.

»Möchtest du, dass ich dir die Kontaktlinsen einsetze?«, fragt sie, woraufhin ich meine Lider sofort wieder loslasse und entsetzt den Kopf schüttele. Dass mir ein Fremder in den Augen herumfummelt, hat mir gerade noch gefehlt!

»Okay.«

Die Optikerin quittiert meine Abfuhr mit einem Lächeln. Sie wartet geduldig, bis ich meine Lider erneut fixiert habe. Dann platziert sie eine hauchzarte feucht glänzende Linse auf der Kuppe meines rechten Mittelfingers und sagt, dass ich sie jetzt nur noch auf meine Pupille setzen muss.

Zu meiner Überraschung klappt es sofort. Weder lasse ich die Kontaktlinse fallen noch pflanze ich sie mir auf die Nase oder sonst wohin.

»Super!«, jubelt Anna, und Maylin klatscht begeistert Beifall.

Und als auch die zweite Linse sitzt und ich überhaupt kein Fremdkörpergefühl verspüre, frage ich mich, warum ich mich eigentlich so lange vor dieser Alternative gedrückt habe. (Die Antwort kenne ich natürlich, allerdings kommt sie mir inzwischen ziemlich lächerlich vor ;))

»Ich kann wieder sehen«, scherze ich, stehe vom Stuhl auf und laufe kreuz und quer durch den Laden.

Ich bleibe vor jedem einzelnen der großen Spiegel stehen, um mich in voller Körperlänge zu bewundern, denn so klar und deutlich habe ich mich aus einer gewissen Entfernung schon eine Ewigkeit nicht mehr gesehen.

Plötzlich öffnet sich zwischen den Regalen an der Hinterwand eine schmale Tür, und eine Mädchenstimme kräht:

»Grandpa, could you help me, please!«

»Just one minute, darling!«, ruft der ältere Mann zurück, der hinter dem Kassentresen steht und meine Brille verpackt.

»At once!«, brüllt das Mädchen, und eine Sekunde später steht Queen Charlotte auf der Schwelle und starrt mich erschrocken an.

Hockey mal anders

»Wisst ihr, was ich glaube?«, fragt Anna, als wir es uns an diesem Abend nach dem Zähneputzen auf unserem Matratzenlager bequem gemacht haben.

»Nö, was?«, fragt Maylin zurück.

»Ich wette, dass das Foto, das Franzi von Em und Julius gemacht hat, auch ein Fake war.«

»Klar war es das«, brumme ich. »Oder wie oft soll ich noch beteuern, dass wir uns nicht richtig geküss…?«

Ich breche ab und sause wie ein Stehaufmännchen in die Höhe. »Verdammte Hacke! Genau so war es!«

»Sag ich doch«, triumphiert Anna.

»Wie jetzt?« Maylin schaut ziemlich verwirrt drein.

»Julius hat seine Lippen kein Stück bewegt«, helfe ich ihr auf die Sprünge, doch May kapiert's nicht.

»Wie machst du, wenn du mir einen Kuss auf die Wange geben willst?«, frage ich sie also.

»Na *so*«, erwidert sie und zieht eine Knutschschnute.

»Eben«, sage ich und lasse mich wieder zwischen meine Freundinnen in den Kissenberg sinken. »Und das hat Julius eben nicht gemacht«, erkläre ich. »Er hat seinen Mund zwar an meinen gedrückt, aber dabei kein Stück mit den Lippen gezuckt. Er wollte mich überhaupt nicht richtig küssen. Es ging einzig und allein um das Foto. Genau wie bei Poppy und den Queenies.«

Maylin verzieht das Gesicht. Sie sieht aus, als hätte sie eine ganze Zitronenspalte mitsamt bittererer Schale verschluckt.

»Ja, aber wieso?«, will sie wissen.

»Ist doch ganz einfach«, stöhnt Anna. »Um dich eifersüchtig zu machen.«

»*Mich?*« Maylin schüttelt den Kopf. »Aber Julius mag mich doch überhaupt nicht.«

»Nee«, murmele ich. »Aber jemand anderes«, flutscht es mir heraus.

»Hä?« May biegt sich wie ein Fragezeichen. »Wer denn?«

»Überleg doch mal«, empfehle ich ihr. »Um Julius ging es jedenfalls nicht dabei«, komme ich schnell auf die Fotokussgeschichte zurück. »Der war bloß Mittel zum Zweck.«

Anna nickt.

»Das würde ich allerdings auch sagen! Garantiert haben Franzi, Jane und Co. ihn darum gebeten. Sie haben wohl gehofft, dass sie so einen Keil zwischen uns treiben können. May sollte glauben, dass Em hinter ihrem Rücken mit Julius knutscht. Das ist genau das gleiche Spiel, das die Queenies getrieben haben, indem sie versuchten, Evie weiszumachen, dass Poppy sich heimlich mit ihnen angefreundet hat«, fügt sie aufgebracht hinzu.

»Aber das ist doch total bescheuert!«, stößt Maylin aus und bollert sich mit beiden Handballen gegen die Stirn. »Wieso macht Julius denn bei so was mit?«

»Vielleicht hat er sich von deinen Annäherungsversuchen

genervt gefühlt«, sage ich ziemlich leise und seeehr vorsichtig.

Von jetzt auf gleich ist es so still im Zimmer, dass man eine Fliege steppen hören könnte.

»Meinst du echt?«, fragt Maylin schließlich ebenfalls sehr, sehr leise.

Anna und ich nicken gleichzeitig.

»Dann wäre also ich an allem schuld«, krächzt May, strampelt die Decke beiseite und springt von ihrer Matratze auf.

Mit einem Satz ist sie bei Annas Sachen und fängt an, die Taschen ihrer Jeans zu durchsuchen.

»He, was machst du denn da?«, ruft Anna empört.

»Ich brauche dein Handy.«

»Wozu?«

»Um die Nummer von Frau Schnacke rauszusuchen«, erwidert May. »Ich hab die nämlich blöderweise selber nicht.«

Anna und ich setzen uns nun ebenfalls auf.

»Hat das nicht Zeit bis morgen?«, fragt Anna.

Maylin schüttelt den Kopf. »Nein.«

»Was willst du denn damit?«, erkundige ich mich. »Jetzt, um zwanzig vor zehn Uhr abends?«

Maylin verdreht genervt die Augen. »Sie anrufen, natürlich.«

»Und wieso?«, rufen Anna und ich im Chor.

»Damit sie Julius nicht von der Schule werfen«, erwidert May und pfeffert die Jeans frustriert auf den Klamottenhaufen zurück. »Wo ist denn jetzt dein Handy?«

»Nebenan in meinem Rucksack«, antwortet Anna. »Es ist ausgeschaltet. Und ich schalte es heute auch nicht wieder ein«, setzt sie hinzu, als May Anstalten macht, durch die Tür zu verschwinden.

»Um diese Zeit kannst du Frau Schnacke sowieso nicht mehr anrufen«, sage ich. »Das wäre total unhöflich.«

»Aber es ist ein Notfall!«, jammert May.

»Ist es nicht«, widerspreche ich und strecke meine Arme nach ihr aus. »Und jetzt komm endlich wieder her. Lass dich knuddeln und hör auf, dir Vorwürfe zu machen.«

Maylin rührt sich nicht von der Stelle. Sie verschränkt die Arme vor der Brust und guckt uns an, als wären wir für den kurz bevorstehenden Weltuntergang verantwortlich.

Mein Blick fliegt zu Anna.

»Wenn der Mensch nicht zum Berg kommt …«

Sie grinst und nickt mir zu.

»… geht der Berg eben zum Menschen«, vollende ich die leicht abgewandelte Redensart.

Und dann sausen Anna und ich gleichzeig vom Matratzenlager hoch, schlingen unsere Arme um May und küssen sie zärtlich auf die Wangen. Anna von rechts und ich von links.

»Du bist der liebste Mensch unter der Sonne«, flüstere ich. (:*)

»Wir lassen nicht zu, dass du dir die Schuld an Julius' dämlichen Verhalten gibst«, wispert Anna (und noch ein :*). »Anstatt Emely zu diesem Fake-Foto zu zwingen und dazu noch diese Gemeinheiten an die Tafel zu schreiben, hätte er es dir auch ins Gesicht sagen können.«

»Oder dir einen Brief schreiben«, bekräftige ich. (:*) »Sich von Franzi und Friends vor diesen Karren spannen zu lassen, war jedenfalls nicht die feine englische Art.«

»Trotzdem«, beharrt May. »Julius darf deswegen nicht von der Schule fliegen. Dann müssten Franziska, Jane und Michelle nämlich ebenfalls gehen. Und vielleicht sogar noch ein paar andere.«

»Genau«, sage ich. (:*). »Und darum werden wir mit Frau Schnacke telefonieren. Aber erst morgen … Okay?«

Maylin atmet tief ein und mit einem langen Seufzer wieder aus. Sie lässt die Arme sinken und entspannt sich endlich.

»Na gut«, brummelt sie und lässt sich von Anna und mir noch zwei-, dreimal abschmatzen. »Und wer ist jetzt derjenige, der mich mag?«

Ich habe nichts gesagt, sondern Anna eine Weile raten und May (vermutlich die halbe Nacht) grübeln lassen. Natürlich ist auch Phins Name gefallen. Meine beste Freundin Nummer eins hat ihn in den Ring geworfen, dann aber sofort den Kopf geschüttelt.

»Nee, das kann nicht sein, denn der liebt ja Em«, meint Anna nachdenklich.

»Hmmm«, habe ich gegrummelt, was im Grunde weder ja noch nein heißt, mich in meine Decke gekuschelt und mich so lange schlafend gestellt, bis ich tatsächlich eingeschlafen bin.

»Vielleicht liebt Phin in Wahrheit ja dich«, sage ich zu Anna, als wir am nächsten Morgen mit der gelben Circle-Line in Richtung Victoria Station rattern.

»Gequirlter Quatsch«, weist sie brüsk zurück.

»Mich liebt er jedenfalls nicht«, stelle ich klar.

Anna bedenkt mich mit einem genervten Blick. »Das redest du dir ein.«

»Nee«, widerspreche ich. »Das ist längst geklärt.«

»Wie jetzt? Habt ihr etwa darüber gesprochen?«

»Jap.«

»Und warum erzählst du uns das nicht?«, fragt Anna vorwurfsvoll.

»Weil ich es erst mal verdauen musste«, sage ich.

Genauso wie das mit Jona …

»Dann bist du also doch in Phin …«

»Nein«, würge ich Annas Spekulationen ab. »Bin ich nicht. Allerdings war die Sache zwischen ihm und mir ja ziemlich unklar, und das hat mich zugegebenermaßen irritiert. Inzwischen weiß ich, was los ist. Und das ist gut.«

»Aha«, sagt Anna. »Und was genau ist los?«

Ich nicke unauffällig zu May hinüber, die gedankenverloren aus dem Fenster (in die Dunkelheit der U-Bahn-Röhre) starrt.

Anna bekommt Riesenstielaugen.

»Ist nicht dein Ernst«, formt sie tonlos mit den Lippen.

»Doch«, sage ich. »Keine Ahnung, ob ich das so direkt sagen darf, aber ich mache es jetzt einfach mal, damit es in Zukunft nicht noch mehr Verwirrung gibt: Phineas ist in May verliebt. Er hat sich nur nicht getraut, es ihr zu zeigen.«

Maylins Kopf fährt ruckartig zu mir herum. Ungläubig sieht sie mich an.

»Und er ist völlig fertig wegen Julius«, setze ich hinzu.

»A-aber …«, stottert May.

Mehr bekommt sie nicht heraus. Überhaupt sagt sie eine

ganze Weile nichts, und Anna und ich verständigen uns stillschweigend darauf, sie erst einmal in Ruhe zu lassen.

»Wieso glotzt die uns so an?«, raunt Anna mir während der Geschichtsstunde zu.

»Wer?«

»Na, Charlotte.«

»Na ja …«, druckse ich. »Es gibt noch etwas, das ich euch nicht erzählt habe.«

Weil ich es nämlich in Oma und Opa Prinsloos Gegenwart nicht tun wollte und später vor lauter Kontaktlinsenbroschüre studieren und anderen Themen komplett vergessen habe.

»Wie bitte?«, knurrt Anna. »Etwas über Charlotte?«

Leider knurrt sie es ein wenig zu laut, weshalb wir von der netten und eigentlich sehr lockeren Miss Limberton zur Ruhe ermahnt werden.

Um Summers Lippen spielt ein hämisches Grinsen. Charlotte hingegen verzieht keine Miene. Mit ernstem Gesicht widmet sie sich ihren Unterlagen. Irgendwie werde ich das Gefühl nicht los, dass auch sie ihrer besten Freundin unsere überraschende Begegnung gestern in dem kleinen Brillengeschäft ihres Großvaters verschwiegen hat.

Im Gegensatz zu ihr (so vermute ich jedenfalls mal) hole ich dieses Versäumnis jedoch gleich in der ersten großen Pause nach, während Anna, May, Poppy und ich auf den Schulhof hinaustraben.

»Ich wusste das nicht«, erklärt Poppy mit zum Schwur erhobener Hand. »Charlotte hat das nie erzählt.«

»Seltsam eigentlich«, wundert Anna sich. »Am Beruf eines Optikers mit eigenem Brillengeschäft ist doch eigentlich nichts auszusetzen. Jedenfalls keine Sache, für die man sich schämen müsste oder so.«

Maylin sagt überhaupt nichts dazu. Stattdessen platzt es plötzlich aus ihr heraus:

»Und wenn er dich angelogen hat?«

»Hä?«, frage ich irritiert. »Wer? Der Optiker?« Ich schüttele den Kopf. »Nee, nee, ganz sicher nicht. Der Beweis klebt schließlich hier direkt auf meinen Pupillen«, fahre ich fort und deute auf meine Augen. »Ich habe noch nie besser gesehen.«

»Damit hat Charlottes Opa doch nichts zu tun«, hält Anna dagegen. »Sondern seine junge Angestellte.«

»Vielleicht ist es ja gar nicht seine Angestellte«, überlegt Poppy.

»Ich meine Phineas«, sagt Maylin.

Oh Mann! Jetzt geht es hier aber ganz schön durcheinander!

»Er hat nicht gelogen!«, versichere ich May, danach erkläre ich Poppy, wer Phin ist.

»Ich denke das Gleiche wie Em«, bestätigt sie. »Jungs würden so etwas niemals in die Welt hinausposaunen, wenn nichts dran wäre.«

»Aber Mädchen schon, oder wie?«, fragt Anna entrüstet.

Poppy nickt eifrig. »Seit der Sache mit dem Foto im Kino traue ich manchen von ihnen alles zu. Mädchen können ziemlich berechnend sein.«

Hm, wo sie recht hat, hat sie leider recht.

»Was meintest du übrigens damit, dass die junge Frau im Laden von Charlottes Grandpa möglicherweise keine Angestellte ist?«, hake ich bei Poppy noch einmal nach.

»Ach, nichts Bestimmtes«, meint sie leichthin, wendet den Blick ab und lächelt still in sich hinein.

Bevor Anna, May und ich uns nach der vierten Stunde mit Poppy, Summer und Charlotte zusammensetzen, um weiter über unser Hockey-Benefiz-Projekt zu sprechen, suchen wir uns ein ruhiges Plätzchen in einem unbelebten Gang und klingeln wie geplant Frau Schnacke an. Es meldet sich jedoch nur die Mailbox.

»Wahrscheinlich ist sie noch im Unterricht«, meint Anna. »Am besten, wir versuchen es heute Nachmittag noch mal.«

»Glaubt ihr echt, Phin liebt mich?«, fragt Maylin, die die ganze Zeit wie in Trance neben uns hergelaufen ist.

»Klar«, sagt Anna. »Wenn er's doch gesagt hat.«

»Hat er wirklich?«, wendet sie sich an mich.

»Ja, verdammt.«

»Oh, Mann!«

May strahlt über das ganze Gesicht. Man könnte glatt auf die Idee kommen, dass sie in Wahrheit eine als Mensch getarnte Stehlampe ist. Alias Miss LED ultrahell.

Schon verrückt, dass sich bei ihr die Liebe quasi auf Knopfdruck anknipsen lässt. Aber irgendwie finde ich das auch süß. Es würde mich nicht wundern, wenn May längst vergessen hat, dass vor ein paar Tagen noch Julius ihr Herzbube gewesen ist.

»Mann, da seid ihr ja endlich!«, faucht Summer uns an, als wir fünf Minuten später (und damit noch immer überpünktlich) den Klassenraum betreten. »Denkt ihr etwa, wir warten ewig auf euch?«

»Und ihr haltet euch wohl für was Besseres«, erwidert Anna, während sie, May, Poppy und ich uns den Queenies gegenüber an einem großen Vierertisch niederlassen.

Summer wirft ihre blonden Locken zurück.

»Wir *sind* was Besseres«, betont sie.

»Klar«, murmelt Poppy. »Viel zu gut für diese Schule.«

»Allerdings«, schnappt Summer.

»Jetzt hör schon auf damit«, brummt Charlotte. »Sonst hängen wir noch ewig hier rum.«

»Wie recht du hast!« Summer richtet sich kerzengerade auf und schenkt ihrer Freundin ein Lächeln. »Also«, sagt sie dann und meint damit offenbar uns alle, obwohl sie weder Anna, May, Poppy noch mich richtig ansieht. »Ich habe meiner Mutter gestern den Entwurf für das Hockeydress gezeigt. Eine Freundin von ihr hat Kontakt zu einer Textilfabrik in Asien. Sie muss jetzt nur noch unsere Größen durchgeben, und in spätestens zehn Tagen werden unsere Klamotten fix und fertig angeliefert.«

»Wie jetzt?«, frage ich. »Was für ein Entwurf?«

»Na, den von mir natürlich«, schnappt Summer.

»Können wir den vielleicht mal sehen?«, fordert Anna.

»Wenn's unbedingt sein muss«, stöhnt unsere blondlockige Queen und kramt lustlos in ihrer superstylischen softvioletten Umhängetasche herum. »Find ich gerade nicht«, meint sie schließlich genervt.

»Toll«, sagt Anna finster.

Poppy und ich sind ebenfalls ziemlich sauer, nur Maylin strahlt weiter wie eine LED-Leuchte vor sich hin.

»So machen wir das sowieso nicht«, erkläre ich. »Ein komplettes Dress in Asien nähen lassen. Ich glaub, ich spinne!« Zur Untermalung meiner Worte tippe ich mir mit beiden Zeigefingern gegen die Stirn. »Erstens arbeiten die Näherinnen in diesen Textilfabriken meistens für einen Hungerlohn, und zweitens ist es ja wohl völlig panne, wenn die Klamotten dafür um den halben Erdball geflogen werden müssen. Wir sollen das doch für einen guten Zweck machen«, bekräftige ich.

»Das tun wir ja auch«, entgegnet Summer. »Wir spielen Hockey gegen die Behinderten und lassen sie ausnahmsweise gewinnen.« Ihr Blick fliegt zu Poppy, und ein spöttischer Ausdruck breitet sich auf ihrem Gesicht aus. »Hast du deine *liebe* Freundin Evie eigentlich schon gefragt?«

»Das mache ich nachher«, erwidert Poppy mit erstaunlich ungerührter Stimme. »Wir haben uns bereits verabredet.«

»Wer's glaubt«, zickt Summer. »Im Unterricht hat man jedenfalls nichts davon gemerkt, dass ihr wieder was miteinander zu tun habt.«

»Und?«, fragt Poppy zurück. »Ist das dein Problem?«

»Nee, nee, Hoppy-Poppy«, erwidert Summer hochnäsig. »Ich will nur nicht, dass du dir falsche Hoffnungen machst.«

»Wie reizend!«, meint Poppy. »Und jetzt würde ich gerne hören, was Emely für einen Vorschlag hat.«

»Tja, also«, beginne ich. »Ein komplettes Dress halte ich ja sowieso für übertrieben. Außerdem fände ich es besser, wenn wir die Sachen selber machen. Unser Motto muss sein: mit möglichst wenig Aufwand möglichst viel bewirken.«

Anna bläht die Backen und wendet sich Charlotte zu, die bisher nichts beigetragen hat. »Was meinst du? Vielleicht könnten wir die Hockeydresses ja von eurem Verein ausleihen. Und dazu nähen wir dann peppige Schweiß- und Stirnbänder aus ausrangierten T-Shirts.«

»Oder Kappen, die wir mit einem Slogan besticken«, wirft Poppy ein.

»Und dazu noch Buttons«, kommt es völlig überraschend von Maylin. Ich hätte nämlich gewettet, dass sie überhaupt nicht zugehört hat. »Davon könnten wir sogar richtig viele herstellen und verkaufen oder so. Sagt mal … ist es eigentlich nicht ziemlich gefährlich, wenn wir zu Fuß gegen Rollstuhlfahrer spielen?«, fragt sie dann. »Ich kenne mich mit Hockey überhaupt nicht aus.«

»Stimmt«, muss ich leider zugeben. »Anna und ich haben das auch noch nie gespielt. Immerhin sind Summer und Charlotte echte Profis. Sie werden uns das schon irgendwie beibringen.«

»Dann träumt mal schön weiter«, empfiehlt Summer ihr. Sie steht von ihrem Stuhl auf, wirft sich den Riemen ihrer Umhängetasche über die Schulter und zupft an Charlottes Seidencardigan. »Wir sind raus.«

»Aber Mrs Knidges …«, wirft Poppy ein, sie wird jedoch sofort von Summer unterbrochen.

»Meine Mutter hat bereits mit ihr telefoniert.«

»Ach ja?«, knurrt Anna. »Und was heißt das jetzt?«

»Dass wir zu viert gegen eine Rollstuhlmannschaft spielen«, sage ich. »Was sonst? Aber keine Sorge, das kriegen wir auch irgendwie hin.«

»Klar«, murmelt May. »Zu Fuß gegen Rollstuhlfahrer. Die sind doch viel schneller als wir.«

»Allerdings nicht so wendig«, wirft Anna ein.

»Dafür sind sie optimal trainiert«, hält Maylin wiederum dagegen. »Ich finde, als Ausgleich sollten wir extra lange Schläger bekommen.«

»Haha!«, lacht Summer auf. »Und euch damit gegenseitig ein Bein stellen, oder wie?« Gackernd rammt sie Charlotte ihren Ellenbogen in die Seite. »Das muss ich mir angucken. Wird bestimmt irre lustig.«

»Wolltet ihr nicht gehen?«, fragt Poppy harsch.

»Ja klar, Hoppy-fall-über-die-eigenen-Füße-Poppy«, gackert Summer. »Das Elend hier hören wir uns bestimmt nicht länger mit an.« Sie hakt sich bei Charlotte unter und zieht sie hinter sich her auf den Flur hinaus.

»Bye-bye«, grummelt Poppy ihnen nach.

Ungefähr in derselben Sekunde knallt mir DIE Idee ins Gehirn.

»Mensch, Mädels, ich hab's!«, rufe ich. »Wir treten auf Inlinern an.«

Auf den Spuren von Harry Potter

Poppy ist sofort Feuer und Flamme. Bei Anna muss man die Begeisterung eher mit der Lupe suchen, was mich allerdings nicht wundert. Schließlich ist sie schon immer gegenüber allem, was mehr als zwei Räder hat, äußerst skeptisch gewesen.

Echt überrascht bin ich jedoch über Maylins Reaktion.

»Das kann ich nicht«, sagt sie. »Ich bin noch nie Inliner gefahren. Und wenn ich dann auch noch Hockey spielen soll … Nee, nee, lieber nicht.«

»Hallo!«, stoße ich aus. »Was ist denn los mit dir? Du bist doch sonst nicht so ängstlich.«

May guckt mich mit großen Augen an.

»Denk nur mal ans Wildcamp«, erinnere ich sie. »Da hast du nach ein paar Tagen schon den Profi-Parcours im Hochseilgarten gemeistert. Obwohl du das vorher noch nie gemacht hattest. Und im Sommer bist du Anna und mir ganz alleine bis an die Nordsee hinterhergereist!«

»Na, das war ja wohl auch kein Kunststück!«, entgegnet May.

»Deine Aktion im Hochseilgarten aber schon«, springt Anna mir zur Seite und sieht mich leise seufzend an. »Jetzt wo die Queenies nicht mehr dabei sind, könnten wir natürlich auch auf eine andere Sportart ausweichen«, meint sie zögernd. »Trotzdem: Irgendwie gefällt mir die Idee mit dem Rollstuhlhockey. Und deshalb wäre ich bereit, es wenigstens mal auszuprobieren.«

»Super!«, sagt Poppy und klatscht in die Hände. »Es gibt hier ganz in der Nähe einen Laden, der Fahrräder, Skateboards und Rollerblades verleiht. Was haltet ihr davon, wenn wir dort am Samstag einfach mal vorbeischauen?«

»Hm.« Unschlüssig kaut Maylin auf ihrer Unterlippe herum.

»Na los!« Anna stupst sie mit der Schulter an. »Gib dir einen Ruck! Wenn ich mich das traue, machst du das garantiert mit links.«

»Das glaube ich zwar nicht«, erwidert May, »aber na gut, abgemacht«, willigt sie ein. »Ich will ja auch kein Spielverderber sein.«

»Sehr gut!«, freue ich mich und strecke meine Hand aus. »Wenn eine von uns auf Inlinern nicht klarkommt, überlegen wir uns etwas anderes.«

May schlägt als Erste ein. Danach folgen Anna und Poppy.

»Habt ihr gemerkt, wie nervös sie war?«, fragt Anna, nachdem wir das Schulgebäude verlassen und uns von Poppy verabschiedet haben.

»Das wäre ich an ihrer Stelle auch«, sage ich.

Allein bei dem Gedanken daran, dass Franziskas blödes Kussfoto seine Wirkung erzielt und tatsächlich einen Riesenstreit zwischen Anna, May und mir ausgelöst hätte, wird mir schlecht. Anders als bei unseren Klassenschnepfen ist der

Plan der Queenies voll aufgegangen. Poppy und Evie haben seit über einem Jahr nicht mehr miteinander geredet.

»Poppy kann doch überhaupt nichts dafür«, meldet sich Maylin zu Wort. »Und das weiß Evie auch. Eigentlich müsste sie zehnmal hibbeliger sein als Poppy.«

»Das ist sie ja vielleicht auch«, entgegne ich. »Ich finde es jedenfalls gut, dass die beiden jetzt einen Grund haben, miteinander zu sprechen. Immerhin ist das schon mal ein Anfang.«

Und wer weiß: Vielleicht bringt unser Projekt die beiden ja sogar wieder zusammen.

»Ups!«, ruft Anna plötzlich. Sie bleibt stehen und richtet ihren Blick zum Himmel. »Ich glaube, ich habe gerade einen Regentropfen abgekriegt.«

»Ich auch«, sagt May und stoppt ebenfalls. »Hat eine von euch einen Schirm dabei?«

Anna und ich schütteln den Kopf. Wozu auch? Bisher hat hier jeden Tag die Sonne geschienen. – Was für London eigentlich echt ungewöhnlich ist.

Jetzt türmen sich im Westen dicke dunkle Wolken auf. Vermutlich dauert es nicht mehr lange, und es fängt richtig an zu gießen.

»Wir sollten uns beeilen«, empfehle ich und laufe schnurstracks weiter.

»Oder diesen Bus da nehmen«, schlägt Anna vor. Sie deutet auf einen roten Doppeldecker-Koloss, der sich hinter uns durch den Verkehr wühlt. »Zumindest scheint der schon mal in die richtige Richtung zu fahren.«

»Und es steht King's Cross vorne drauf!«, jubelt Maylin. »Da wollte ich immer schon mal hin!«

»Etwa um Gleis neundreiviertel zu suchen und nach Harry Potter Ausschau zu halten?«, witzelt Anna.

»Meinetwegen auch das«, sage ich, während ich den Straßenrand hektisch nach einem Haltestellenschild absuche. »Von dort aus kommen wir auf jeden Fall mit der Tube weiter.«

Unterdessen landet ein Regentropfen auf meinem Arm, und ich spüre, wie ein weiterer in meinen Nacken klatscht. Rund um uns herum spannen die Leute ihre Schirme auf. Nur uns bleibt nichts anderes übrig, als zu rennen.

Und dann entdecke ich endlich in ungefähr zwanzig Metern Entfernung ein rundes gelb-rotes Bus-Stop-Schild.

Anna, May und ich legen noch einmal einen Zahn zu und erreichen die Haltestelle zeitgleich mit dem Bus.

Eine halbe Minute später sitzen wir im Trockenen – und blicken staunend von unserem Platz in der oberen Etage und der Waterloo-Bridge auf die Themse hinunter.

»Na, warte, Opa«, brumme ich. »Du kannst was erleben!«

Völlig egal, ob es regnet oder die Sonne scheint: Mit dem Bus durch London zu fahren, ist auf jeden Fall tausendmal cooler, als zu Fuß zu gehen!

Meine Freundinnen und ich können uns gar nicht sattsehen an den vielen alten Gebäuden, den altmodischen Taxis und den anderen roten Bussen, die unseren Weg kreuzen. Und deshalb fällt uns auch erst, als wir an der King's Cross Station aussteigen, wieder ein, dass wir eigentlich ganz dringend Frau Schnacke anrufen wollten.

Wir umrunden eine riesige Pfütze und hasten durch den Regen in die Bahnhofshalle.

»Wow!« Anna breitet die Arme aus und dreht sich einmal um sich selbst. »Das ist ja viel moderner als in der Victoria Station! Fast schon wie bei *Star Wars*.«

Das finde ich allerdings ein bisschen übertrieben. Teile des Bahnhofgebäudes sind nämlich immer noch alt. Dafür ist all das, was in den letzten Jahren neu errichtet wurde, tatsächlich extrem modern. Und das ergibt eine echt crazy Mischung.

Während Anna und ich rumstehen und gucken, rennt Maylin einfach weiter in Richtung Gleise.

»Die denkt doch wohl nicht wirklich, dass sie hier Harry, Ron und Hermine treffen kann«, murmele ich, fasse Anna am Handgelenk und ziehe sie hinter mit mir.

Tatsächlich marschiert May zielstrebig auf Gleis 9 zu und bleibt kurz dahinter vor einem mit braunen Koffern beladenen Gepäckwagen stehen, der bereits zur Hälfte in der gelben Ziegelwand verschwunden ist. **PLATFORM 9 ¾** steht auf einem schmalen schwarzen Schild, das direkt darüber angebracht ist. Einen halben goldenen Käfig mit einer weißen Hedwig darin gibt es ebenfalls.

»Ist ja irre!«, ruft Anna begeistert aus, zückt ihr Smartphone und macht ungefähr eine Million Fotos von May, die so tut, als würde sie Harry Potters Gepäckwagen auf den geheimen Bahnsteig katapultieren.

»Na warte, Opa«, wiederhole ich leise knurrend.

Nicht nur, dass wir mit ihm noch nie Bus gefahren sind, auch die Existenz dieses Gepäckwagens hat er mir bisher verschwiegen.

Auch ich fische mein Handy aus der Seitentasche meines

Rucksacks hervor, schalte es ein und wähle die Festnetznummer meiner Großeltern an.

»Prinsloo«, meldet sich meine Oma.

»Hi«, sage ich. »Ich bin's, Emely.«

»Good gracious, my dear!«, ruft sie erschrocken in mein Ohr. »Es ist euch doch hoffentlich nichts zugestoßen!«

»Don't worry, Gran«, beruhige ich sie. »Ich wollte nur Bescheid sagen, dass wir heute etwas später heimkommen. Anna, May und ich machen gerade eine kleine Sightseeing-Tour.«

»Aber das geht nicht«, erwidert Oma Prinsloo. »Der Nudelauflauf ...«

»Schalte doch einfach den Backofen aus«, falle ich ihr ins Wort und erkläre ihr dann, dass wir vor dem Regen geflohen und halbwegs trocken und ansonsten ganz und gar unversehrt in der King's Cross Station gelandet sind.

»Das ist gut«, gibt meine Großmutter zurück. »Steigt in die Circle Line! Die Richtung spielt keine Rolle.«

»Ich weiß, Granny«, sage ich. »Die Circle ist die einzige Underground Line, die im Kreis fährt. Deshalb heißt sie ja auch so.«

»Aber zuerst versuchen wir, den Zug nach Hogwarts zu erwischen.«

»Waaas? Neiiin!«, höre ich Oma Prinsloo schreien, eine Sekunde später habe ich bereits die Verbindung gekappt.

Strafe muss sein, denke ich und grinse in mich hinein.

Bei älteren Leuten dauert es bekanntlich ja ein bisschen länger, aber irgendwann in den nächsten Minuten wird bestimmt auch in den oberen Stuben meiner Großeltern ein Lichtlein angehen.

Während May und Anna sich weiter mit dem halben Gepäckwagen amüsieren, hole ich dann endlich Frau Schnackes Nummer aus dem Speicher.

Genau wie heute Vormittag tutet es auch jetzt ziemlich lange. Diesmal meldet sich allerdings nicht die Mailbox. Stattdessen teilt mir eine fremde Frauenstimme mit, dass der Teilnehmer zurzeit nicht erreichbar sei. – Sehr merkwürdig.

Es dauert eine Weile, bis meine besten Freundinnen Nummer eins und zwei sich von Harry Potters Gepäckwagen losreißen können. Erst als eine Horde Grundschüler herbeistürmt und sich »Hedwig! Hedwig!«, brüllend auf das gute Stück stürzt, scheint ihnen zu dämmern, dass sie sich nicht unbedingt altersentsprechend verhalten haben.

»Kaum zu glauben, dass ihr bereits einen Teil eurer Freizeit mit Knutschen verbringt, so wie ihr euch hier gerade aufführt«, necke ich sie, woraufhin Anna »Oh, mein Gott! Ich muss nachher unbedingt Teo anrufen!« ausstößt und mit dem nächsten Atemzug »Wo geht es hier überhaupt zu den U-Bahngleisen?« fragt.

Ich deute auf das Undergroundschild, das sich ein paar Schritte von uns entfernt befindet, und wir setzen uns in Bewegung.

»Ich nicht«, sagt Maylin wie aus heiterem Himmel. »Ich habe noch nie einen Jungen geküsst.«

»Aber bald«, erwidere ich. »Nämlich schätzungsweise in ungefähr sieben Wochen.«

»Ähm … wieso?«, stammelt sie.

Eine zarte Röte erobert ihre Wangen.

Anna zwinkert mir verstohlen zu.

»Wann willst du Phin eigentlich die frohe Botschaft überbringen?«, erkundigt sie sich beinahe beiläufig.

»Welche Botschaft?«, krächzt May.

»Na, dass du ihn auch liebst«, sage ich.

»Tu ich doch gar nicht!«, gibt sie empört zurück.

Ungefähr einen Lidschlag später ist ihr Gesicht so rot wie eine reife Tomate.

»Nee, ist klar«, kichere ich.

»Ihr seid echt blöd, wisst ihr das!?«, faucht Maylin und geht einen Schritt schneller, womit sie uns wohl signalisieren will, dass wir sie mit dem Thema Phin gefälligst in Ruhe lassen sollen.

»Apropos blöd«, wendet Anna sich an mich. »Wie steht's denn so mit Jonathan? WhatsAppt ihr mittlerweile eigentlich wieder?«

Autsch! Ertappt!

»Ja, tun wir …«, antworte ich zögernd. »Und es gibt sogar Neuigkeiten.«

Anna schießt einen finsteren Blick auf mich ab.

»Die du uns verschwiegen hast?«, fragt sie fast schon drohend. »So wie die eine oder andere Kleinigkeit in den letzten Tagen!«

»Nein … ja … a-also …«, gerate ich ins Stottern.

»Mensch, Em!«, meckert sie los. »Dies ist nun schon story number three, die du vor uns geheimzuhalten versuchst.«

»Ist doch gar nicht wahr!«, verteidige ich mich. »Das mit Jona habe ich einfach vergessen.«

»Aha«, sagt Anna.

Nur ein blindes Huhn mit Krückstock und Schnabelprothese kann übersehen, dass sie mir kein Wort glaubt.

»Was ist denn mit ihm?«

»Na ja … eigentlich gibt es gute Nachrichten«, erwidere ich und setze eine möglichst heitere Miene auf. »Birke hat Schluss gemacht.«

»Nein!«, ruft Anna.

May bleibt ruckartig stehen, wirbelt herum und strahlt mich an. »Das ist ja super.«

»Und wann heiratet ihr?«, will Anna wissen.

»Gar nicht«, knurre ich. »Es ist alles wie gehabt.«

»Auch gut«, meint meine beste Freundin Nummer eins. »Damit wär immerhin schon mal ein Problem aus der Welt geschafft.«

»Good gracious!«, ruft Oma Prinsloo (noch einmal ;)), als wir gut zwanzig Minuten später durchweicht bis auf die Knochen in den Flur der Penthouse-Wohnung stürzen. »My poor little ladies!« Sie schlägt die Hände über dem Kopf zusammen. »Warum habt ihr bloß keine Regenschirme in eure Rucksäcke gepackt!« Sie schließt die Wohnungstür hinter uns und wartet eine Antwort gar nicht erst ab, sondern scheucht uns mit wild fuchtelnden Gesten ins Badezimmer. »Ab in den Kochtopf mit euch, damit ihr euch keine Erkältung holt. Wie ihr seht, habe ich bereits alles vorbereitet.«

Kichernd zerren wir uns die nassen Sachen vom Leib und tauchen bis zum Kinn in das wohlig warme und sanft sprudelnde Wasser des Whirl-Pools.

»Das könnte ich jeden Tag haben«, meint Maylin selig grinsend. »Auch ohne London und Regen.«

»Ja, und wir sind jetzt schon fast eine Woche hier und haben kaum etwas gesehen, außer dem Bahnhof von King's Cross und einem Teil des Hyde Parks«, bemerkt Anna. »Dabei gibt es unendlich viele Sehenswürdigkeiten in dieser Stadt.«

»Dein Großvater und ich wollten euch in den ersten Tagen nicht überfordern!«, ruft Oma Prinsloo.

»Granny!« Entrüstet wende ich den Blick zur geschlossenen Badezimmertür. »Stehst du etwa da draußen und lauschst?«

»Sorry, my darling«, erwidert sie. »Ich wollte nur sicher sein, dass es euch gut geht.«

»Keine Sorge!«, rufe ich zurück. »Wir werden schon nicht ertrinken. Und einen Schnupfen kriegen wir garantiert auch nicht.«

»Na, wunderbar«, entgegnet meine Großmutter. »Dann werde ich mich jetzt mal ums Essen kümmern. Und was das andere betrifft, schlage ich vor, dass ihr einfach mal aufschreibt, was ihr euch hier in London gerne anschauen würdet.«

Wheelchairs & Rollerblades

London Eye, Tower Bridge, Buckingham Palace, Big Ben, Madame Tussauds, Westminster Abbey, Covent Garden, London Dungeon, Sea Life Museum, Piccadilly Circus, Harrods, Zoo, Royal Greenwich Observatory sind die ersten Orte, die auf unserer Sehenswürdigkeiten-Wunsch-Liste landen.

Natürlich gibt es noch jede Menge Kirchen, Museen und Parks, die man sich anschauen könnte, und die meinen Großeltern vielleicht sogar besser in den Kram passen würden, als zum Beispiel das Dungeon, Harrods oder das Riesenrad, aber am Ende werden wir vermutlich sowieso nicht alles schaffen.

Die Liste legen wir gut sichtbar auf dem Esstisch aus, und Oma und Opa Prinsloo versprechen uns, dass wir gleich am nächsten Sonntag mit dem »Abarbeiten« beginnen.

Am Freitag fehlen Charlotte und Summer im Unterricht, worüber wir uns wundern, was uns jedoch nicht gerade in tiefe Trauer stürzt. Außerdem haben Poppy und Evie sich tatsächlich ausgesprochen, und das ist ja nun echt ein Grund zur Freude. Zwar sitzt Evie nach wie vor neben Shane, aber auch das soll sich ändern, sobald Annas, Mays und meine Austauschschülerzeit hier vorbei ist.

Das Wetter zeigt sich nun leider ziemlich beharrlich von

seiner ungemütlichen Seite, sodass meine Freundinnen Nummer eins und zwei und ich fast nur noch in Gummistiefeln und mit Regenschirmen bewaffnet unterwegs sind.

Am Samstagmorgen klart der Himmel dann aber endlich wieder etwas auf. Hier und da blitzen sogar ein paar Sonnenstrahlen durch die Wolkenlücken hervor und verwandeln die Pfützen für kurze Momente in hell leuchtende Spiegelflächen.

Wir treffen uns mit Poppy, die ihre eigenen Inliner dabeihat, an der Schule und gehen mit ihr zusammen zum Fahrradverleih. Ein Paar Rollerblades kosten 3 Englische Pfund pro Stunde. Wir schaffen es jedoch, den etwas knurrigen, im Grunde aber sehr netten Inhaber auf eine Pauschale von 20 Pfund für drei Stunden und 3 Paare samt Helm, Knie- und Ellenbogenschonern herunterzuhandeln, und fragen dann auch gleich nach, ob er uns die Inliner unter Umständen verkaufen würde.

»Eigentlich nicht«, brummelt er.

»Aber vielleicht ja doch«, sage ich und zwinkere ihm zu.

Als wir den Laden verlassen, parkt am Straßenrand ein türkisfarbener Multivan, auf dessen Seitenwände in bunten Lettern die Aufschrift SHELTERED WORKSHOP *»Billy Pang«* prangt. Während ich mein Gehirn noch nach der Übersetzung von »to shelter« durchforste, öffnet sich die Schiebetür an der Seite des Vans, und Evie springt heraus.

»Hi! Nice to meet you so soon again!«, ruft sie und klatscht uns nacheinander ab.

»Was ist denn jetzt los?«, ruft Anna verwundert.

»Surprise, surprise«, meint Poppy nur.

Sie zwinkert uns geheimnistuerisch zu und bedeutet uns, in den Wagen zu steigen.

Ich schlüpfe als Erste durch die Schiebetür und sehe mich einem Jungen mit karottenroten Strubbelhaaren gegenüber, dessen Gesicht über und über mit Sommersprossen übersät ist.

»Hey«, sagt er mit einem schiefen Grinsen und einem Doppelgrübchen in der linken Wange. »I'm Alfie and I'm going to coach you hockey on wheels.«

Dass er in einem Rollstuhl sitzt, brauche ich wohl nicht zu erwähnen!

»Oh«, erwidere ich. »That's great! Thanks.«

Hinter dem Steuer sitzt ein Mann in Pops' Alter, der nicht nur einen ganz ähnlichen Haarschnitt wie Evie trägt, sondern ihr auch sonst wie aus dem Gesicht geschnitten ist.

Anna, May und Poppy steigen ebenfalls ein, und zu guter Letzt gesellt sich auch Evie zu uns. Sie schiebt die Tür zu und lässt sich in den Sitz direkt neben dem Rollstuhl fallen.

»Alfie ist der Kapitän der *B.P. Chairwheelers.* So heißt die Jugend-Hockeytruppe der Behindertenwerkstatt«, erklärt sie uns. »Alfie findet euer Projekt genial gut und hat sich sofort bereit erklärt, mit euch zu üben.« Sie deutet auf den Mann am Steuer. »Und der nette Herr da vorne ist mein Vater Jacob Scott. Er kutschiert uns jetzt zur städtischen Sportanlage, damit ihr auf einem echten Hockeyfeld trainieren könnt.«

»Wow!«, jubelt Anna. »Das ist ja cool!«

Nachdem sie, May, Poppy und ich Alfie abgeklatscht und Mr Scott die Hand geschüttelt haben, suchen auch wir uns einen Sitzplatz und legen die Sicherheitsgurte an.

Unterwegs erzählt Alfie uns von Billy Pang, einem Mann mit verkürzten Armen, der offenbar eine Menge für den Sheltered Workshop erreicht hat.

»Mr Pang arbeitete in der Personalabteilung und konnte mit seinen Zehen schneller tippen als die anderen mit den Fingern. Die freie Zeit, die sich dadurch für ihn ergab, hat er genutzt, um seine Kollegen mit lustigen Geschichten zu unterhalten«, berichtet Alfie. »Alle mochten ihn und seinen besonderen Humor, auch der Bürgermeister und die meisten anderen Leute im Stadtrat. B.P. ist es zu verdanken, dass die Werkstatt heute dreimal so groß ist wie vor dreißig Jahren, und dass es mittlerweile sogar Sportgruppen gibt, in denen Leute sind, die nicht in der Einrichtung arbeiten.«

»Wie zum Beispiel die in eurer Hockeygruppe?«, hake ich nach.

Alfie reckt den Daumen. »Exactly! Billy Pang tut wirklich eine Menge für Kids mit Handicap. Aber natürlich kann er nicht alles alleine machen. Das Ganze kostet ja auch Geld, und leider stehen Behinderte meistens ganz am Ende der Liste.« Er knufft Evie gegen den Oberarm. »Und da ist es einfach großartig, dass es noch mehr Leute gibt, die sich für uns starkmachen.«

Ich fühle mich auf den Inlinern sofort wohl, und auch Maylin fährt gleich ziemlich sicher, nur Anna ist anfangs ganz schön wackelig auf den Beinen. Während Poppy, May und ich bereits mit Hockeyschlägern einen Ball durch die Halle treiben, muss sie noch immer vor allem das Bremsen und den schnellen Richtungswechsel üben.

Alfie erklärt uns die Regeln, die eigentlich total einfach sind. Und da es für uns alle Ehrensache ist, dass wir nicht absichtlich foulen, wird es ohnehin keine grünen, gelben und roten Karten oder gar Strafecken geben. Einen Schiedsrichter brauchen wir natürlich trotzdem, und Evies Vater erklärt sich spontan dazu bereit, diese Aufgabe zu übernehmen.

Während Poppy mit May und Anna trainiert, spielen Alfie und ich eine Weile gegeneinander. Es verblüfft mich total, wie lässig er mit dem Schläger umgeht, vor allem aber imponiert mir seine Wendigkeit. Wie ein Wirbelwind saust er in seinem Rollstuhl über das Spielfeld. Auch wenn ich mich noch sosehr ins Zeug lege, ich habe so gut wie keine Chance gegen ihn. Fast immer ist er mit seinem Schläger vor mir am Ball.

Dafür bin ich heute echt happy mit meinen Kontaktlinsen. Die letzten beiden Tage musste ich sie schon nach ein paar Stunden herausnehmen, weil es sich so anfühlte, als würden sie mir die Hornhaut zerkratzen, doch heute spüre ich überhaupt nichts mehr davon. Ich sehe alles um mich herum gestochen scharf – und das ganz ohne nerviges Gestell auf der Nase!

Kurz vor Schluss unserer Übungsstunde kommt Poppy auf die Idee, Anna ins Tor zu stellen. Zuerst ist meine beste Freundin Nummer eins wenig begeistert, aber als Poppy ihr klarmacht, dass sie dort eigentlich mehr oder weniger nur herumstehen und ein bisschen mit dem Schläger fuchteln muss, willigt sie schließlich leise murrend ein.

Alfie und May sowie Poppy und ich bilden jeweils eine Mannschaft. Fünf Minuten spielen wir gegeneinander. Einmal gehe ich zu Boden, ein anderes Mal landet Maylin auf den Knien. Insgesamt gehen fünfzehn Bälle aufs Tor, vier hält Anna souverän, elf kullern ins Netz. Die Trainingspartie endet acht zu drei für May und Alfie, und bis auf den sommersprossigen Chairwheeler sind wir alle total ausgepowert.

»Das hat irre viel Spaß gemacht«, erklärt May mit einem strahlenden Lächeln.

»Jap«, sagt Anna, und auch ihre Augen glänzen.

»Na, seht ihr!«, triumphiere ich. »Wie gut, dass wir es ausprobiert haben!«

»Tja«, meint Alfie. Er dreht sich einmal mit seinem Rollstuhl um sich selbst und zwinkert uns zu. »Es ist mir allerdings ein Rätsel, wie ihr uns besiegen wollt. …Vier Rollerblader gegen sechs Chairwheeler!«

Das ist in der Tat dumm!

Mit Charlotte und Summer wären wir eine komplette Mannschaft gewesen – wenn auch natürlich ohne Auswechselspielerinnen.

»Vielleicht können Shane und ich ja zu euch tauschen«, überlegt Evie, die die ganze Zeit neben ihrem Vater auf der Bank gesessen und zugeschaut hat. »In unserer Gruppe beschäftigen wir uns mit alleinstehenden Senioren. Wir denken darüber nach, was wir tun können, um ein bisschen mehr Spaß und Ablenkung in ihr Leben zu bringen.«

»Na, das Thema ist doch geradezu perfekt für unsere Queenies«, spottet Anna. »Ich wette, sie werden sich darum reißen, bei euch mitmachen zu dürfen.«

»Auf jeden Fall sollten wir mit Nitschie reden«, schlägt

Maylin vor. »Mit vier Mädels in einer Hockeygruppe sind wir wirklich ein bisschen unterbesetzt.«

»Dann steht die Aktion also?«, vergewissere ich mich bei meinen Freundinnen.

»Nur, wenn ich ins Tor darf«, meint Anna augenzwinkernd.

»Aber klar doch!«, ruft May. »Mir hat dieses Roll-Hockey jedenfalls super viel Spaß gemacht. Ich bin total froh, dass ihr mich dazu überredet habt, es auszuprobieren!«

»Fantastico!« Ich freue mich genauso sehr wie Poppy, die leise »Yes! Yes! Yes!« jubelnd um uns herumtänzelt. »Jetzt muss der Wheeler-Man aus dem Räderverleih uns nur noch ein schönes Angebot für die Ausrüstung machen. Und wir finanzieren das Ganze dann von unserem Mützengeld-Konto. Schließlich ist dies hier ebenfalls für einen guten Zweck.«

Lustigerweise stellt sich heraus, dass Evies Vater und der besagte *Wheeler Man* sich kennen. Mr Scott begleitet uns in seinen Laden, erklärt ihm, worum es geht, und nachdem die beiden Männer einige Male ihre Fäuste gegeneinandergestoßen haben, bekommen wir Inliner, Helme und Schützer für 90 Pfund. Das macht umgerechnet ungefähr 115 Euro und ist ein sensationell toller Preis für diese hochwertige Ausrüstung, der zudem kein allzu großes Loch in unsere Kasse reißt. Mit der für den Herbst geplanten Pulliaufribbelungs-und-neu-Verwertungs-Idee holen wir das Geld garantiert ruck, zuck wieder rein.

Poppy und Evie beschließen, den Nachmittag zusammen zu verbringen, was mich total glücklich macht.

Selbst die besten Freundschaften können mal ins Wanken

geraten, trotzdem sollte man die Hoffnung, dass sich irgendwann alles wieder einrenkt, nicht allzu schnell und vor allen Dingen nicht leichtfertig aufgeben. Das zumindest hat mir Poppys und Evies Geschichte gezeigt – und natürlich auch die von Jona und mir. Obwohl ich bei ihm das dusselige Gefühl habe, dass es vielleicht doch nicht mehr so zwischen uns wird, wie es früher war. Diesen Gedanken dränge ich allerdings lieber ganz schnell beiseite.

An diesem Wochenende klappern Oma und Opa Prinsloo gleich mehrere Sehenswürdigkeiten mit uns ab, darunter die Sternwarte, die Tower Bridge, Big Ben und den Buckingham Palace. Sonntagabend sind Anna, May und ich dann so fix und alle, dass wir bereits um halb neun ins Bett fallen und sofort einschlafen.

Am nächsten Morgen machen wir uns zusammen mit Poppy und Evie auf zum Lehrerzimmer und bitten Mrs Knidges um ein Gespräch.

Sie hört sich das Problem, das wir mit Summer und Charlotte haben, mit ernster Miene an, schürzt die Lippen und sagt: »Well …« – und dann eine ganze Weile überhaupt nichts mehr.

»Ich werde darüber nachdenken«, verspricht sie uns schließlich, »und euch zu Beginn eures Projekttreffens heute Mittag das Ergebnis meiner Überlegungen mitteilen.«

»Thank you very much«, bedanke ich mich, und dann trotten wir etwas bedröppelt in unseren Klassenraum hinauf.

Irgendwie hatten wir wohl alle fünf gehofft, dass Nitschie einem Tausch sofort zustimmen würde.

Nachdem unsere erste Woche nun um ist, kommt mir Englisch überhaupt nicht mehr wie eine Fremdsprache vor, und trotzdem habe ich zum ersten Mal schreckliches Heimweh.

Es fällt gleich in der ersten Unterrichtsstunde über mich her, und am liebsten würde ich auf der Stelle mit Moms, Pops und Jona – Ach, Jona! – telefonieren.

Ich spiele sogar mit dem Gedanken, mein Handy hervorzuholen und allen dreien wenigstens eine kurze Nachricht zu schicken, reiße mich aber zusammen und zwinge mich, Miss Limbertons Ausführungen über die Gründung der ersten britischen Colleges in Cambridge und Oxford im dreizehnten Jahrhundert zu lauschen.

Zu Beginn der dritten Stunde (Englisch bei Mrs Knidges) sind Charlotte und Summer plötzlich wieder da. Beide sehen blass und traurig aus, was meine grauen Zellen jede Menge Fragezeichen produzieren – mich jedoch absolut nichts Gutes ahnen – lässt.

»Wetten, die Queenies tauchen nachher auch in unserer Projektgruppe auf«, raunt Anna mir zu und senkt ihren Daumen nach unten.

Mit dieser Befürchtung hat sie leider recht. Als wir nach der zweiten großen Pause in den Klassenraum zurückkehren, hocken Summer und Charlotte bereits am Vierertisch und feilen wie besessen an ihren Fingernägeln herum. Uns beachten sie allerdings nicht die Bohne.

Na, das kann ja heiter werden!

Kaum haben Anna, May, Poppy und ich uns ebenfalls hingesetzt, erschallen Schritte auf dem Gang, und kurz darauf erscheinen Nitschie und Evie auf der Schwelle.

»Wir haben in drei Projekt-Gruppen ein wenig umgestellt«, teilt uns Mrs Knidges kurz und knapp mit. »Damit ihr während eures Hockeyspiels auswechseln könnt, gehört Evie ab sofort zu euch. Ein Tausch wie ihr ihn euch vorgestellt habt, ist leider nicht möglich.«

Sie wünscht uns »viel Spaß« und »gute Ergebnisse«, nickt uns noch einmal ermutigend zu und verschwindet dann sofort wieder.

»Bitch«, zischt Summer leise und feuert ihr einen finsteren Blick hinterher.

Anna, Maylin, Poppy, Evie und ich sehen uns kopfschüttelnd an. Natürlich würden wir zu gerne wissen, was zwischen den Queenies und unserer Englischlehrerin vorgefallen ist, sehr viel wichtiger finden wir es aber, dass Evie jetzt ebenfalls in unserer Gruppe ist.

»Was haltet ihr davon, wenn wir als Nächstes das Emblem für den Button entwickeln?«, schlage ich vor.

»Gute Idee«, meint Poppy und holt sofort einen Skizzenblock, einen Zirkel und ein grünes Mäppchen voller Buntstifte hervor.

»Ich finde, wir brauchen einen eigenen Namen«, wirft Anna ein.

»Wir oder die Aktion?«, frage ich.

»Die Aktion«, erwidert May sofort. »Schließlich wollen wir das Ganze ja auch auf unserem Blog vorstellen.«

»Stimmt«, pflichte ich ihr bei. »Wir brauchen etwas, das ins Auge fällt.«

Während Poppy mit dem Zirkel Kreise in Buttongröße auf ein leeres Blatt zeichnet, werfen wir anderen mit Schlagworten um uns. Nur Charlotte und Summer beteiligen sich nicht, sondern gucken gelangweilt in der Gegend herum.

Anna notiert alles, was uns irgendwie brauchbar erscheint, auf ihrem Kollegblock: funny wheelers … ChairnBlader … magic moments … rolling workshop … sunny sundays …

Unterdessen beginnen Poppy, Evie und ich damit, die Buttons auszumalen. Einen Inliner geschweige denn einen Rollstuhl kriegt keine von uns richtig gut hin, also machen wir mit einfacheren Symbolen weiter:

- Ineinander verschlungene Räder.
- Einen Hockeyschläger auf Inliner-Rollen.
- Eine schmunzelnde Sonne mit Augen aus Inliner-Rollen und einer Nase, die wie ein Hockeyschläger aussieht.

Doch nichts davon überzeugt uns. Außerdem passen die Namen, die wir in die engere Auswahl genommen haben, auch nicht wirklich dazu.

»Ich hab's!«, stößt Maylin plötzlich hervor. Sie saust von ihrem Stuhl hoch und tippt auf den Button, in dem Poppy und Evie gerade herummalen. Dabei handelt es sich um eine der Inliner-Rollen, die wir bereits aussortiert hatten und die unsere Freundinnen nun eher lustlos mit Blütenblättern umrahmen. »Flowers of Friendship!«

Irritiert sehe ich May an.

»Was hat denn das mit unserem Projekt zu tun?«

»Na ja … also … auf den ersten Blick ist das tatsächlich nur diese Inliner-Rolle«, erwidert sie zögernd. »Aber die Blume und der Name könnten doch auch für viele weitere Wohltätigkeitsaktionen stehen, die wir in Zukunft vielleicht noch anleiern werden.«

Poppy und Evie lassen ihre Stifte sinken. Wir alle (die Queenies ausgenommen) starren Maylin an.

»Das ist genial«, sage ich, schlinge meine Arme um ihren Hals und übersäe ihr Gesicht mit Begeisterungsschmatzern. »Ach was, genial … Das ist die Idee des Jahrhunderts!«

Flowers of Friendship (FOF)

Die nächsten zweieinhalb Wochen vergehen wie im Flug. Sie sind geradezu vollgestopft mit Hockeytraining und allen möglichen anderen Vorbereitungen für unsere Benefizaktion. Für Sightseeing-Touren und das Abklappern von Sehenswürdigkeiten bleibt uns leider nicht eine Sekunde Zeit. Denn auch an den Wochenenden hängen Poppy, Evie, Anna, May und ich unermüdlich zusammen, um das Logo zu zeichnen, ein Banner und eine Spendenbox für das große Spiel anzufertigen oder an unserem Blog-Eintrag zu feilen.

»Don't mind, Ladies«, tröstet Opa Prinsloo uns, »das holen wir alles nach. Madame Tussauds, das Aquarium oder das London Eye laufen uns ja nicht weg.«

Wo er recht hat, hat er recht. Schließlich bleiben uns nach dem Projekt noch ganze vier Wochen, in denen wir ausschließlich normalen Unterricht und wieder sehr viel mehr Freizeit haben werden.

Ohne dass wir sie darauf ansprechen müssen, besorgen Summer und Charlotte einfache weiße Hockeydresses in den passenden Größen, halten sich ansonsten aber völlig raus. Weder erscheinen sie zum Training noch diskutieren sie mit uns, geschweige denn, dass sie sonst irgendeinen Handgriff tun.

Selbst am Mittwoch, also drei Tage vor dem Jubiläumsfest, wissen wir noch nicht, ob sie überhaupt zu unserem großen Spiel erscheinen werden.

»So geht das nicht weiter«, knurrt Anna, während sie über die sieben Schirmkäppis mit dem aufgedruckten FOF-Logo streicht. »Wir sollten noch mal mit Nitschie reden.«

»Das ist ja jetzt wohl ein bisschen zu spät«, meint Maylin. »Außerdem: Petzen gilt nicht! Am Ende bleibt das womöglich noch an Poppy und Evie hängen, während wir längst wieder daheim in good old germany sind.«

»Stimmt«, pflichte ich ihr bei. »Korrekterweise hätten wir erst einmal mit den Queenies sprechen müssen, bevor wir uns an Mrs Knidges wenden. Das haben wir aber nicht, weil wir im Grunde nämlich froh waren, dass Charlotte und Summer uns nicht reingeredet haben. So konnten wir wenigstens ganz in Ruhe unser Ding durchziehen.«

Anna zieht eine Schmollschnute. »Und was ist, wenn sie am Samstagnachmittag nicht zum Spiel kommen?«, wendet sie ein.

»Egal«, sage ich entschlossen. »Dann laufen wir eben nur zu fünft auf.«

»Ich denke nicht, dass wir das müssen«, entgegnet Evie. »Wenn die Queenies wegbleiben, werden sie einen Riesenärger mit Mrs Knidges kriegen.«

Anna zuckt mit den Schultern. »Sie könnten sich krankmelden.«

»Das werden sie nicht«, gibt Poppy zurück. »Sollen wir wetten?«

»Und wieso nicht?«, will Maylin wissen.

»Weil es noch nie so einfach war, eine gute Bewertung zu bekommen«, antwortet Evie an ihrer Stelle. Sie tippt sich an die Nasenspitze. »Glaubt mir, für so was haben die Queenies einen Riecher.«

»Oh, die Projektarbeiten werden benotet?«, frage ich erstaunt.

»Na logisch.« Poppy grinst und deutet auf den Karton voller FOF-Buttons. »Und was ich so mitbekommen habe, setzt sich unsere Aktion ziemlich von den Projekten unserer Mitschüler ab. Es würde mich schon sehr wundern, wenn wir dafür nicht reichlich Lorbeeren ernten.«

Komisch, aber darüber habe ich mir noch überhaupt keine Gedanken gemacht. Für mich zählt in erster Linie die Aktion. Sie soll gelingen und möglichst viel Aufmerksamkeit auf die *B.P. Chairwheelers* lenken. Außerdem würde es mir gefallen, wenn wir darüber hinaus noch ein bisschen Geld für die anderen Sportgruppen des *Sheltered Workshops* einnehmen!

Bisher haben wir vor allem Geld ausgegeben. Für Schirmmützen, Stickgarn, 250 Button-Rohlinge und ebenso viele Farbkopien von unserem Logo auf T-Shirt-Stoff. Letzten Freitag haben wir uns eine Buttonmaschine ausgeliehen und fast vier Stunden gebraucht, um alle 250 FOF-Anstecknadeln fertigzustellen. Noch länger hat natürlich das Aufsticken unseres Flowers-of-Friendship-Logos auf die sieben Schirmkappen gedauert, dafür sind sie aber auch echt superschön geworden. Und ganz besonders extrem oberstolz bin ich auf unsere Blog-Seite, die wir sowohl auf Deutsch als auch auf Englisch verfasst haben.

Pops, Teo und Phin waren die Ersten, die einen begeisterten

Kommentar daruntergesetzt haben, und seitdem sind noch einige Hundert dazugekommen.

»Für mich ist das Internet ja ein Buch mit sieben Siegeln«, meint Opa Prinsloo, als Anna, May und ich uns am Freitagabend nach einem letzten anstrengenden Trainingstag und einer großen Portion Fish and Chips auf dem Sofa lümmeln. »Eure Blog-Seite würde ich mir allerdings schon ganz gerne mal anschauen.«

Nicht ahnend, dass uns innerhalb der nächsten halben Stunde noch zwei richtig fette Überraschungen ins Haus stehen, schalte ich mein Tablet ein und klicke unsere FOF-Blog-Aktion an. Neugierig richtet mein Großvater seinen Blick darauf. Anna, May und ich hocken uns hinter ihn und schauen ihm über die Schulter.

Flowers of Friendship

Emelys, Annas und Mays BLOG
featuring Poppy Adams and Evie Scott

Am Samstag, den **9. September** findet im Rahmen der Jubiläumsfeier der **Stockwell Comprehensive School** auf dem Hallenhockeyfeld der städtischen Sportanlagen zu London das Benefiz-Spiel zwischen den **B.P. Chairwheelers** und den FOF- Rollerbladers statt.

Einlass: 14 Uhr Beginn: 15 Uhr Eintritt: 2,50 Pfund Sterling

Flowers-of-Friendship-Buttons gegen Spende, solange der Vorrat reicht.

Der Erlös kommt in vollem Umfang den Sportmannschaften des Sheltered Workshop Billy Pang zugute.

Wir freuen uns über eure Unterstützung!!!

»Ziemlich coole Sache, Mädels!«, ertönt plötzlich eine Stimme vom Flur her, die der Schaltstelle in meinem Kopf einen Totalstromausfall beschert.

Anna haucht: »Teo!«, und nur einen Sekundenbruchteil später springt Maylin »Phinniiieee!« quiekend vom Sofa auf.

Und noch ehe ich meine Gehirnzellen wieder richtig einsortiert habe, baumeln meine besten Freundinnen Nummer eins und zwei jeweils einem meiner beiden »Brüder« um den Hals.

»W-wie k-kommt ihr d-denn hierher?«, stottere ich.

»Genau wie ihr mit einem Flieger«, antwortet Pops und breitet seine Arme aus. »Komm an mein Herz, Prinzessin, und sag deinem alten Herrn Hallo.«

Ich versuche, ebenfalls aufzustehen, plumpse jedoch sofort wieder aufs Sofa zurück. Meine Beine fühlen sich an, als wären sie aus Gummi.

»Na, die Überraschung scheint ja gelungen zu sein«, meint Pops.

Er setzt sich neben mich, schlingt mir seinen Arm um die Schultern und drückt Opa Prinsloo die Hand.

»A-allerdings«, stammele ich.

Pops, Phin und Teo sind nämlich nicht die Einzigen, die sich in die Penthouse-Wohnung meiner Großeltern eingeschlichen haben. Auf der Schwelle zum Wohnzimmer stehen noch Moms, Tanja – und Jona!

Und ich Doofi bringe nur den Satz: »Wieso habt ihr Oma und Opa Berlin und GCIJ eigentlich nicht auch mitgebracht?« ohne Hänger über die Lippen.

»Deine Großeltern haben noch auf Föhr zu tun«, erwidert

Pops. »Sie besuchen euch nächstes Wochenende und bitten darum, dass wir ihnen ein paar Sehenswürdigkeiten übrig lassen.«

»Hallo, mein Schatz«, sagt Moms. Sie beugt sich zu mir herunter, küsst mich auf die Stirn und nimmt anschließend Opa Prinsloo in den Arm. »Robert kümmert sich ums *Dress 'n Veggies*«, erklärt sie. »Abgesehen davon gehört er ja nicht zur Familie.«

»A-aber Jona?«, stottere ich.

Meine Güte, Em! Vielleicht solltest du einfach mal die Klappe halten!

Zum Glück hat Jona es nicht gehört. Und falls doch, versteht er es erstklassig, darüber hinwegzugehen.

Mit klopfendem Herzen schiele ich zu Anna und May hinüber, die sich mit Teo und Phin an den Esstisch gesetzt haben und aufgeregt mit ihnen plaudern.

Anna und Teo küssen sich nach jedem Satz – so zumindest kommt es mir vor –, und Phin und May halten ihre Hände so fest umklammert, als wollten sie sich nie wieder loslassen.

Total verrückt! Ich habe gar nicht mitbekommen, dass Maylin Phineas kontaktet hat. Und das muss sie gemacht haben, so vertraut, wie die beiden miteinander sind. Na, wahrscheinlich hat sie Anna und mir absichtlich nichts davon erzählt, damit wir nicht ständig nachbohren.

Und wir sollen ihre besten Freundinnen sein!

Obwohl – wenn ich daran denke, wie sehr mich Annas Neckereien wegen Phin und Jona genervt haben, kann ich es durchaus verstehen, dass May ihre beginnende Liebes-Freundschaft mit Phineas uns gegenüber erst mal unter dem Deckel gehalten hat. Und letztendlich geht das ja sowieso nur die beiden etwas an.

Ich für meinen Teil freue mich jedenfalls darüber und bin heilfroh, dass Maylin diese blöde Geschichte mit Julius mittlerweile wohl komplett verdaut hat.

»Hey«, sagt Jona und deutet auf mein Tablet. »Habt ihr euch eigentlich schon die letzten Einträge angeschaut?«

Irgendwie kriege ich es hin, den Kopf zu schütteln, ohne dass ich mir dabei die Ohren verrenke oder die linke Schulter mit meiner Nase verknote. (Mannomann! Wieso bin ich eigentlich noch immer derartig durch den Wind?!)

»W-was ist denn damit?«, frage ich.

»Also, wenn ich mir damals bei eurer Mützen-DIY-Aktion die Namen richtig gemerkt habe, könnten sie von euren Klassenkameradinnen stammen«, erwidert Jonathan.

»Unmöglich«, murmele ich. »Bisher hat noch nie einer von denen unseren Blog besucht.«

»Eben«, meint Jona lächelnd und scrollt nach unten.

Mir fallen fast die Augen aus dem Kopf.

Eine halbe Stunde später hocken Anna, May, Teo, Phin, Jona und ich um den Esstisch herum und schieben das Tablet und einen Brief, den meine Mutter Anna, Maylin und mir als weitere Überraschung mitgebracht hat, zwischen uns hin und her.

»Mit ganz herzlichen Grüßen von Frau Schnacke«, hat sie gemeint und uns zugezwinkert. »Ich bin übrigens im Bilde. Eure Klassenlehrerin und ich haben letzten Freitag ziemlich lange miteinander telefoniert.«

Oh wow! Und trotzdem bekommen wir den Brief erst

jetzt?! Na ja, egal! Ohnehin sind wir in den letzten zwei Wochen so sehr beschäftigt gewesen, dass wir gar nicht mehr an Frau Schnacke und die schreckliche Situation in unserer Klasse gedacht haben.

»Irgendwie kann ich das gar nicht glauben«, sagt Anna und schaut kopfschüttelnd auf die Zeilen, die ich mittlerweile bereits auswendig kenne.

Liebe Emely, liebe Anna, liebe Maylin,
es tut uns schrecklich leid, was nach den Sommerferien in unserer Klasse passiert ist, und wir möchten uns von ganzem Herzen dafür entschuldigen. So etwas wird bestimmt nie wieder vorkommen.
Bitte verzeiht uns!

Keine Ahnung, wie Frau Schnacke das hinbekommen hat, aber es haben wirklich alle unterschrieben, auch Jane, Franzi, Michelle und Julius.

»Und?«, fragt Anna. »Verzeihen wir ihnen?«

»Klar«, sagt May. »Was sonst?« Sie zeigt auf die Kommentare unter unserem Blog. »Bei so viel Motivation.«

Super Aktion :-), Ann-Kathrin.

Viel Glück!, JFM.

Wäre KRASS gern dabei, Mesut.

Das sind die letzten Einträge, die heute Abend hereingekommen sind.

Annas Blick wandert zwischen Maylin und mir hin und her. »Und was ist mit Julius? Verzeiht ihr dem auch?«

Unschlüssig sehen May und ich uns an.

»Würde ich ja gern«, sage ich. »Aber ich kapier einfach noch immer nicht, wieso er überhaupt mitgemacht hat!«

»Er wollte mich von der Backe haben«, erwidert Maylin.

Stimmt. So ähnlich hatte ich das ja bereits formuliert.

»Vielleicht ist er ja auch in Jane, Franzi oder Michelle verknallt«, spekuliert Anna.

»Gut möglich«, murmelt Jona. »Wenn es um Mädchen geht, machen Jungs manchmal ziemlich bescheuerte Sachen.«

Ich nicke. Sehr, sehr zaghaft allerdings und sehr darum bemüht, meinen besten Kumpel dabei nicht anzusehen.

Diese ganze Julius-Birke-Jona-Küsserei macht mich so konfus, dass ich an diesem Abend kaum noch einen vernünftigen Satz herausbekomme, später beim Zähneputzen die Kräuterpasta mit Moms' Gesichtsmaske verwechsele (Bääh!) und mich bis weit nach Mitternacht auf meiner Matratze hin und her wälze. Dabei hätte ich gerade vor unserem großen Tag morgen eine dicke Mütze voll Schlaf wirklich dringend nötig.

Julius ist irre gewachsen und seine Bizepse sind inzwischen so groß wie Basketbälle. Er trägt ein T-Shirt mit dem Aufdruck *Bitte verzeih mir!* und ist mit einem riesigen Blumenstrauß hinter mir her. Ich renne kreuz und quer über den Schulhof, der plötzlich rundherum von hohen Mauern umgeben ist. Und dann taucht auch noch Jona auf. Mein Herz rast, und auf einmal will ich nur noch weg. Panisch sehe ich mich um. Julius und Jona kommen immer näher und strecken ihre Hände nach mir aus. Gleich haben sie mich, und deshalb springe ich mit einem Riesensatz mitten in die Tür des Schulgebäudes hinein. Glas splittert. Scherben fliegen durch die Gegend und meine Augen brennen wie Hölle.

»Aouuuh!«, stöhne ich, dann bin ich wach.

Anna setzt sich schlaftrunken auf.

»Was ist los?«, wispert May.

»Ich habe vergessen, die Kontaktlinsen herauszunehmen«, jammere ich, schlage die Decke zurück und tapse ins Badezimmer.

Ich fische mir die Dinger aus den Augen und lege sie in das Döschen mit der Reinigungsflüssigkeit. Anschließend träufele ich mir etwas von den Tropfen, die mir Charlottes Opa gegeben hat, in die Unterlider und tappe ins Bett zurück.

So ein Mist! Hoffentlich haben sich meine Augen bis morgen Nachmittag wieder beruhigt. Es wär nämlich ziemlich blöd, wenn ich ausgerechnet zum Hockeyspielen eine Brille tragen müsste!

»Wird schon alles gut gehen«, versucht May mich zu trösten.

Anna ist in ihr Kopfkissen zurückgesunken und schnorchelt leise vor sich hin.

»Seit wann seid du und Phin eigentlich zusammen?«, flüstere ich.

»Och, seit ziemlich genau zwei Wochen«, erwidert Maylin kichernd.

»Und?«, krächze ich. »Habt ihr euch schon geküsst?«

»Mhmmm«, raunt sie. »Aber nur ein bisschen.«

Prompt muss ich wieder an Jona denken, und daran, wie er mich geküsst hat. Auch wenn es eigentlich nicht zählt, weil es nur wegen Julius passiert ist, habe ich das verdammt blöde

Gefühl, dass sich dadurch alles geändert hat, und wir jetzt nicht einmal mehr beste Kumpel sein können.

Ob Jona wohl auch nicht richtig schlafen kann und irgendwelchen blöden Mist träumt?

Er, Phin und Teo übernachten nebenan im kleinen Gästezimmer. Sie liegen in Schlafsäcken auf selbst aufblasbaren Luftmatratzen zwischen den aufgestapelten Bettgestellen. Moms hat sich ein Lager im Wohnzimmer auf dem Sofa eingerichtet, und Pops und Tanja pennen im Hotel.

Irgendwie bin ich froh, dass sie alle hier sind: meine Freunde und meine Familie. Ja, das sind sie! Auch wenn ich es mir lange Zeit anders gewünscht habe, nämlich mit Moms, Pops, Teo und mir unter einem Dach. Aber wer sagt denn, dass man nicht auch anders glücklich sein kann?

Wenn nur diese verflixte Sache mit Jona nicht wäre!

FOL (flower of love)

Am nächsten Morgen fühlen sich meine Augen schon viel besser an, brennen allerdings noch immer ein wenig. Ich beschließe, die Kontaktlinsen erst kurz vor dem Spiel einzusetzen, packe das Döschen in meinen Rucksack und pflanze mir meine Brille auf die Nase.

Nach dem Frühstück fahren wir alle Mann in die Schule, wo Poppy und Evie bereits auf uns warten.

»Sind Charlotte und Summer auch schon da?«, frage ich, worauf Poppy mit einem Schulterzucken antwortet. »Keine Ahnung.«

»Ich glaube nicht, dass sie sich für die anderen Projekte interessieren«, meint Evie. »Und weil heute abgesehen von unseren eigenen Events keine Anwesenheitspflicht besteht, werden sie sich garantiert bis heute Nachmittag ausschließlich um sich selbst kümmern.«

Wenn sie überhaupt kommen!, denke ich.

Aber damit will ich mich nicht verrückt machen. Klar ist: Wir ziehen das Ding durch. Und zwar mit oder ohne die Queenies.

Leider schaffen auch wir es nicht, uns alles anzusehen.

Eine Gruppe Achtklässler verkauft neben belegten Brötchen und Fruchtsäften hübsch lasierte Muffins und Burger aus Ton und spendet den Erlös einer Suppenküche. Und noch etwas ältere Schüler haben im Hof ein riesiges Schachbrett aus Europaletten aufgebaut. Darauf stehen lebende Figuren, die in weiße und schwarze Schachfiguren-Kostüme gehüllt sind. Wer eine der Figuren bewegen will, muss eine Pfundmünze in eine Spendendose stecken.

Shane und seine Kumpels aus unserer Klasse haben extra große Spielkarten für Bridge und Poker gebastelt und ein ebenso vergrößertes seniorenfreundliches *Mensch ärgere dich nicht*-Brett mitsamt Figuren.

»Stellt euch vor, gleich heute früh war jemand von einer Spiele-Firma hier, der unsere Idee ganz toll findet und in sein Programm aufnehmen möchte«, erzählt Shane aufgeregt. »Die ersten 500 Stück würde er dann an Seniorenheime verschenken.«

Überhaupt scheint die Jubiläumsfeier der Comprehensive School ein großer Erfolg zu werden. Hunderte von Menschen drängen sich durch die Gänge und Räume und ständig strömen neue nach.

Die Zeit fliegt nur so dahin, und im Nu ist es kurz vor halb zwei – höchste Zeit also, dass wir uns auf den Weg zur Sporthalle machen. Weil Mr Scott den Multivan für Alfie und seine Chairwheeler-Kumpels braucht, nehmen wir diesmal die Tube und fahren alle zusammen mit der Piccadilly Line in Richtung Arsenal.

Natürlich hat Pops seine Kamera dabei und schießt ein Foto nach dem anderen. May und Phin und Anna und Teo kleben die ganze Zeit aneinander. Moms und Tanja plaudern angeregt über irgendwelchen langweiligen Buchhaltungskram (Unternehmerinnen unter sich ;)), während ich steif wie ein Spazierstock neben Jona sitze und angestrengt Poppy, Evie und meinen Großeltern lausche, die sich über alles Mögliche unterhalten.

Die englische Sprache ist mir mittlerweile in Fleisch und Blut übergegangen, und auch Maylin sind ihre anfänglichen Verständigungsprobleme nicht mehr anzumerken.

Als wir um zehn nach zwei die Sportanlage erreichen, hat sich bereits eine lange Schlange vor der Hockeyhalle gebildet. Meine Eltern, Oma und Opa Prinsloo, Tanja und die drei Jungs reihen sich ganz selbstverständlich ein, nur Anna, Poppy, May, Evie und ich laufen bis zum Eingang vor und quetschen uns an den Leuten mit der Entschuldigung »Pardon, we belong to the hockey team« vorbei.

Mr Scott und eine hübsche junge Frau im Rollstuhl sitzen am Kassentisch und drücken allen Leuten, die bezahlt haben, einen Stempel auf den Handrücken. Fast jeder kauft mindestens einen Button, und nicht wenige stecken Fünf-Pfund-Münzen in unsere selbst gebastelte FOF-Spendenbox.

»Yes!« Auf dem Weg zu den Umkleideräumen stößt Poppy jubelnd eine Faust in die Luft. »I think we're going to get a Million!«

»Schön wär's«, erwidere ich grinsend.

Wir nehmen dieselbe Kabine wie immer und schließen die Tür hinter uns.

»Wissen die Queenies überhaupt, wo sie hinmüssen?«, fragt Maylin in die Runde.

»Nicht von uns«, meint Evie. »Aber zum Glück sind sie ja nicht völlig auf den Kopf gefallen. Irgendwo werden sie sich schon umziehen.«

»Okay«, sagt Anna, die schon immer einen besonderen Sinn fürs Praktische hatte. »Dann nehmen wir einfach zwei Käppis und zwei Buttons für sie mit in die Halle hinunter.«

Es ist das erste Mal, dass wir die Trikots und die kurzen weißen Röcke tragen. Feierlich stecken wir uns die Buttons an und setzen die Schirmkappen auf. Danach flitzen wir eine Runde durch den Waschraum, um uns in den Spiegeln zu bewundern.

»Echt coole Klamotte!«, sage ich und recke meinen Daumen noch.

»Wie spät ist es eigentlich?«, fragt Maylin.

»Gleich halb drei«, gibt Poppy zurück.

»Dann sollten wir wohl langsam mal runtergehen und Alfie und seine Mannschaftskameraden begrüßen«, erwidert Anna.

»Lauft schon mal vor«, sage ich, stecke meine Brille ins Seitenfach meines Rucksacks und krame stattdessen die Dose mit den Linsen heraus. »Ich muss mir noch die Kontis einsetzen.«

»Alles klar! Bis gleich!«, schmettern mir meine Freundinnen im Chor entgegen.

Sie schnappen sich ihre Inliner und den Rest der Ausrüstung und schlüpfen auf den Gang hinaus.

»Ich glaube, es ist besser, wenn du noch mal aufs Klo gehst, Em«, murmele ich und lege das Döschen mit den Kontaktlinsen auf der Bank ab. Sicher ist sicher. Zu viel

Druck auf der Blase kann bei einem Wettkampf von großem Nachteil sein.

Dass ich allerdings auch schon schlechte Erfahrungen mit dem Besuch von öffentlichen Toiletten gemacht habe (vor allem, wenn ich allein war), fällt mir dummerweise erst wieder ein, als ich in den Umkleideraum zurückkomme, und feststelle, dass meine Kontaktlinsen verschwunden sind.

Ich will gerade nachschauen, ob sie heruntergefallen sind (was eigentlich überhaupt nicht sein kann, schließlich hat das Döschen weder Rollen noch Beine), da höre ich draußen auf dem Gang rasch davoneilende Schritte. Das Ganze erinnert mich verdammt an eine ähnliche Situation in Tanjas Pension an der Nordsee, und so fackele ich nicht lange und hechte auf die Tür zu. Ich reiße sie auf, stürze hinaus – und gehe stöhnend zu Boden.

Jemand muss mich niedergeschlagen haben, ist das Erste, was mir dazu einfällt. (Na logisch, Em, und du bist die weibliche Hauptdarstellerin im neuesten *James Bond*-Film!)

Mit dem nächsten Atemzug wird mir klar, dass ich wohl eher die Kurve etwas eng genommen und mir den Kopf am Türrahmen gestoßen habe. Mein Schädel brummt jedenfalls wie Hölle, und vor meinen Augen tanzen winzige Lichtblitze.

»Oh, Charlotte, du hast sie gefun…«, ertönt Summers helle Stimme. »Du lieber Gott! Was ist denn hier passiert?«

Weiße Chucks mit Glitzerapplikationen kommen auf mich zugerannt. Im nächsten Moment spüre ich vorsichtig tastende Hände an meinem Kopf.

»Emely, was ist los? Hast du dir wehgetan?«

Ich antworte mit einem weiteren Stöhnen.

»Kannst du aufstehen?«, fragt Summer, dann blafft sie: »Was guckst du denn so, Charlie? Hol lieber mal die Rescue-Tropfen. Na los, mach schon!«

Ich klammere mich an der blond gelockten Queenie fest und ziehe mich langsam an ihr hoch, bis ich wieder einigermaßen sicher auf den Füßen stehe.

»Meine Kontaktlinsen«, stammele ich. »Jemand hat mir die Dose mit den Kontis weggenommen.«

Charlotte steht ein paar Schritte von uns entfernt im Gang. Sie hat eine seltsam unnatürliche Haltung angenommen und wirkt ziemlich nervös.

»Wie bitte? Was hat man dir weggenommen?« Summer schüttelt unwillig den Kopf. Dann gleitet ihr Blick zu Charlie. »Was guckst du denn so komisch?«, fragt sie. »Und wieso versteckst du die Hände hinter deinem Rücken?«

»Bestimmt hat sie meine Kontis«, murmele ich. (Wahnsinn, dass ich bei derartig heftigen Schmerzen in meiner Stirn noch so gut kombinieren kann!)

»Spinnst du?«, knurrt Summer mich an. »Wie kommst du nur darauf? Charlie würde niemals …« Sie bricht ab und wendet sich wieder ihrer Freundin zu. »Oder etwa doch?«

Charlotte antwortet nicht, und einen Moment lang herrscht angespannte Stille.

»Ich glaub's ja nicht«, sagt Summer schließlich. »Woher weißt du überhaupt, dass Emely Kontaktlinsen trägt?«

»Ich habe sie bei ihrem Opa im Laden gekauft«, sage ich. »Vor ungefähr drei Wochen. Charlotte war auch dort.«

»Und ich dachte, du willst nichts mehr mit ihm zu tun haben, seitdem er deine Oma wegen dieser jungen Tussie, die jetzt in seinem Laden arbeitet, verlassen hat«, faucht Summer ihre Freundin an.

»Nein … also … eigentlich …«

Anscheinend findet Charlotte nicht die passenden Worte.

»Was denn jetzt?«, versucht Summer ihr nicht gerade freundlich auf die Sprünge zu helfen.

»Sie ist eigentlich ganz okay«, krächzt Charlotte.

»Und wieso erzählst du mir nichts davon?«

Summers Stimme überschlägt sich jetzt fast.

»Weil … weil … Ach verdammt, ich bin dieses ganze Theater so satt!«, presst Charlotte hervor.

Dann fängt sie an zu heulen.

Fünf Minuten später sitze ich zwischen den beiden auf der Bank im Umkleideraum. Summer presst mir ein eiskaltes Kühlkissen, das sie aus einem Isofach in ihrer Sporttasche hervorgezaubert hat, gegen die Stirn.

Mittlerweile habe ich eine Ladung Rescue-Tropfen intus. (Keine Ahnung, was das ist, die Queenies schwören jedoch darauf). Außerdem weiß ich jetzt, dass Summers und Charlottes Eltern ihre Töchter auf die Comprehensive School geschickt haben, weil sie es wichtig finden, dass die beiden mit ganz normalen Kids aus allen sozialen Schichten zusammen sind. (So etwas in der Art hatte ich ja eh schon vermutet.)

»Wir waren ziemlich sauer deswegen«, erzählt Summer, »und wir dachten, dass man uns schon irgendwann von der Schule schmeißen würde, wenn wir die Angeberinnen raushängen lassen und uns ständig danebenbenehmen.«

»Habt ihr Poppy etwa deshalb gemobbt … unser Projekt

boykottiert …«, frage ich fassungslos, »… und mir die Kontis geklaut?«

Die Queenies nicken schuldbewusst.

»Das mit den Linsen war aber allein meine Idee«, gibt Charlotte zu. »Summer hätte da niemals mitgemacht. Sie fand die Sache mit Poppy und Evie schon nicht gut.«

»Ich auch nicht«, knurre ich. »Und ich finde, ihr solltet euch bei ihr entschuldigen.«

»Machen wir«, verspricht Summer.

»Und euch ab sofort wie normale Mädchen benehmen«, setze ich hinzu. »Ich glaube nämlich, dann wärt ihr gar nicht mal so übel.«

Ich habe es kaum ausgesprochen, als die Tür auffliegt, und Anna und May auf der Schwelle stehen. Verdutzt starren sie uns an.

»Was ist denn hier los?«, platzt es aus Anna heraus.

»Tja«, sage ich und grinse matt. »Es geschehen noch Zeichen und Wunder.« – Und zwar nicht nur bei Frau Schnacke und unseren deutschen Klassenkameraden!

»Mensch, Mädels«, sagt May und tippt auf ihre Armbanduhr. »Ihr habt vielleicht Nerven! Die Massen da unten toben bereits. In fünf Minuten fängt das Spiel an!«

Summer, die ebenfalls Kontaktlinsen trägt, hilft mir dabei, meine einzusetzen. Anschließend rennen wir, so schnell wir können, zur Halle hinunter, tauschen unsere Käppis gegen die Helme und ziehen unsere Schützer und die Inliner an.

Evies Vater, Alfie und sechs weitere Jungen und Mädchen haben sich bereits an der Mittellinie aufgestellt.

Als wir in voller Montur und den Hockeyschlägern in unseren Händen in die Halle einrollen, bricht tosender Applaus aus. Ein paar Leute aus dem SHELTERED WORKSHOP haben unser Banner ausgerollt und schwenken es auf und ab. Sie skandieren: »Flowers of friendship! Flowers of friendship! Flowers of friendship!«, und allmählich stimmen auch alle anderen mit ein, bis die Halle unter unserem Slogan nur so widerhallt.

Es ist einfach gigantisch! Maylin kann wirklich megastolz auf sich und ihre ultrageniale FOF-Idee sein!

Obwohl mein Kopf nicht mehr dröhnt und ich kaum noch Schmerzen verspüre, verbannen meine Teamkameradinnen mich als Auswechselspielerin auf die Bank.

»Du bleibst jeweils höchstens eine Minute im Spiel«, bläut Anna mir ein. »Dann wird sofort wieder gewechselt … und das machen wir möglichst selten«, hält sie die anderen an, dann rollt sie auf ihr Tor zu und bringt sich in Stellung.

Ich hätte ihr gerne widersprochen. Allein aus Prinzip, weil Anna für meinen Geschmack schon immer viel zu besorgt um mich war. Aber diesmal hat sie recht. Ich fühle mich tatsächlich nicht richtig fit. Zweimal eine Viertelstunde Hockey würde ich wahrscheinlich gar nicht durchstehen.

Mr Scott wirft eine Münze: Wir Rollerblader haben Anstoß. Doch der Ball bleibt nicht lange in unserem Besitz. Kaum ist Evie damit in Richtung gegnerisches Tor unterwegs, hat Alfie ihn ihr schon wieder abgeluchst. Er spielt einen Pass auf eine Teamkameradin, die blitzschnell hinter die Torkreislinie fährt und den Ball an Annas Schlägerspitze vorbei ins Netz schießt.

Ich genieße es, das Spiel von der Bank aus zu verfolgen und nach meinen Großeltern, Moms, Pops, Tanja und den Jungs Ausschau zu halten. Sie haben in der Nähe des Eingangs, allerdings ziemlich weit oben auf der Tribüne, acht Plätze direkt nebeneinander ergattert und winken von dort aus zu mir herunter.

Lächelnd winke ich zurück.

Kurz vor der Halbzeitpause braucht Maylin eine kleine Verschnaufpause, und ich rolle aufs Feld. Mittlerweile steht es zwölf zu fünf für die Chairwheelers. Die Tore für uns haben ausschließlich Charlotte und Summer erzielt. Die beiden haben es echt drauf. Hätten sie mit uns trainiert, hätten wir ganz sicher eine ganze Menge von ihnen lernen können. Wie gut, dass es hier nicht auf einen Sieg ankommt, sonst wäre jetzt vielleicht doch noch mal kurz die Wut in mir hochgekocht.

Ich liefere mir gerade ein kleines Duell mit Alfie, als Charlotte heranbraust. Ich stoße den Ball in ihren Lauf, und sie treibt ihn zielsicher in die Hälfte der Chairwheeler. Dort spielt sie ihn auf Poppy zu, die nur noch ein paar Schritte vom Tor trennen. Poppy fängt den Ball gekonnt ab und schmettert ihn am Keeper vorbei ins Netz.

In der zweiten Halbzeit steigert sich unsere Mannschaft gewaltig. Besonders Anna glänzt, indem sie Alfies Team ein paar gute Chancen vereitelt. Insgesamt erzielen wir Rollerblader noch sechs weitere Treffer, von denen einer auf Maylins Konto geht. Sie kriegt sich gar nicht mehr ein vor Freude darüber und verschuldet so blöderweise durch Unaufmerksamkeit den einundzwanzigsten Chairwheeler-

Abschluss. Die Einzige allerdings, die sich ernsthaft darüber ärgert, ist sie selbst.

Am Ende des Spiels steht es dreiundzwanzig zu zwölf. Alfies Team wird mit tosendem Applaus und frenetischem Jubel für seinen Sieg gefeiert.

Winkend rollen wir aus der Halle. Ich kann es kaum noch erwarten, unter die Dusche und danach so schnell wie möglich an den Kassentresen zu kommen.

»Dreitausendzweihundertfünfundsiebzig Pfund und fünfzig Pence«, antwortet die hübsche junge Frau im Rollstuhl, als ich sie nach den Einnahmen frage. »Tausendachthundertundfünfzig sind allein für die Buttons zusammengekommen. Die waren übrigens innerhalb weniger Minuten weg«, setzt sie augenzwinkernd hinzu. »Eine so große Spende hat der SHELTERED WORKSHOP noch nie erhalten.«

»Oh, mein Gott! Oh, mein Gott! Oh, mein Gott!«, wiederholen Maylin und Poppy in einer Endlosschleife.

»Das macht viertausendzweihundert Euro«, stellt Anna nüchtern fest.

»Na, da kann man euch ja nur gratulieren«, ertönt Moms' Stimme hinter mir. Sie schlingt ihre Arme um mich herum und gibt mir einen Kuss auf die Wange. »Das Einzige, was mir nicht so gut gefallen hat, ist der Umstand, dass du ohne Brille gespielt hast«, raunt sie mir ins Ohr.

»Stimmt«, sage ich grinsend. »Ohne Brille, aber mit Kontaktlinsen. Und bevor du dich aufregst: Ich vertrage sie gut. Außerdem sind sie selbstverständlich von einem Hersteller, der nichts mit Tierversuchen am Hut hat.«

»So, so«, sagt Moms, und dann muss ich ihr ganz tief in die Augen sehen. (Nämlich exakt so lange, bis sie die dünnen Linsen auf meiner Iris entdeckt hat.)

Meine Großeltern, Pops und Tanja beglückwünschen uns ebenfalls. Teo und Phin klatschen uns ab. Jona knufft Anna und May gegen die Schulter und richtet seinen Blick dann ebenfalls geradewegs in meine Augen.

»Kann ich dich mal kurz sprechen, Em?«, fragt er beinahe schüchtern.

»Klar«, presse ich hervor. »Leg los.«

Jonathan schüttelt den Kopf. »Ich würde lieber …« Er deutet zum Ausgang.

»Okay.« Ich nicke und gehe einfach voraus.

Draußen laufen unheimlich viele Kids herum, die sich unseren Button angesteckt haben. Alle, die mich erkennen, recken den Daumen in die Höhe. Viele klopfen mir auf die Schulter und rufen Dinge wie »Great!« oder »Exemplary!«.

Ich lächele und höre mich »Thank you very much« erwidern und dabei laufe ich immer weiter von der Sporthalle und dem ganzen Trubel weg aufs freie Sportgelände hinaus.

Mein Herz rast, und irgendwie fühle ich mich wie im Nebel.

»Jetzt bleib doch bitte mal stehen, Em«, sagt Jona hinter mir.

Mein Kopf will eigentlich lieber weiterlaufen, doch meine (dummen) Muskeln gehorchen ihm aufs Wort.

»Ich möchte dir etwas geben«, krächzt Jona.

Langsam drehe ich mich um.

Mein bester Kumpel steht etwas windschief da und fährt sich durch die ohnehin schon völlig zerzausten Haare.

»Ja, also …«, sagt er, zieht etwas Buntes aus seiner Jackentasche hervor und hält es mir unter die Nase.

Es ist eine Blume aus Draht und Filz, deren Blüte genauso aussieht wie unser FOF-Logo.

»Cool«, sage ich. »Hast du die selbst gebastelt?«

Blöde Frage, Em. Natürlich hat er das!

»Flowers of friendship«, wispere ich. »Heißt das, du willst, dass unsere Freundschaft weitergeht? Aber Jona, das haben wir doch schon längst bespro…«

»Wieso hast du mich eigentlich nicht gefragt, aus welchem Grund Birke mit mir Schluss gemacht hat?«, unterbricht er mich.

»Na jaaa …«, druckse ich und drehe dabei die Filzblume zwischen meinen Fingern hin und her. »Keine Ahnung. Vielleicht, weil ich dachte, dass es dir wehtut, wenn du darüber sprichst.«

Jona schluckt.

»Aha«, sagt er.

Dann greift er in seine andere Jackentasche und holt eine weitere Blume hervor.

Auch sie ist aus Draht und Filz und hat sehr hübsch geformte Stängelblätter. Dort, wo sich normalerweise die Blüte befinden müsste, prangt ein rotes Herz.

Ich habe das Gefühl, ohnmächtig zu werden. Dabei gibt es dafür überhaupt keinen Grund. Vermutlich hat es wieder mal einen Kurzschluss in meinem Gehirn gegeben oder meine Kontaktlinsen funktionieren plötzlich nicht mehr richtig und gaukeln mir diese Herzblume nur vor.

»Ich habe dich angelogen, Em«, stammelt Jona. »Birke hat

gar nicht Schluss gemacht, sondern ich. Ich habe ihr gesagt, dass ich … na ja, dass …«

Noch immer hält er mir die Blume hin. Mit der anderen Hand fährt er sich abermals durch die Haare. (Sie werden wirklich nicht unzauseliger davon.) In seinen grauen Augen flackert es.

»Ach, Scheiße Em«, stößt er schließlich aus. »Ich hab dich total lieb. Du bist das coolste Mädchen auf der ganzen Welt, und dich zu küssen … war einfach … das Allerschönste, was ich jemals erlebt habe.«

Aus meinem rasenden Herzen wird ein hüpfendes.

»Jona, ›Scheiße‹ sagt man aber nicht«, krächze ich. »Schon gar nicht zu …«

»… seinem besten Kumpel, ich weiß«, vollendet er meinen Satz.

Eine Sekunde später liegen wir uns in den Armen.

Und dann küssen wir uns.

Auf einer Fußballwiese mitten in London.

Es ist das Beste vom Besten an diesem tollen Tag.

Und dabei ist es erst der Anfang von etwas ganz und gar Neuem und ziemlich Aufregendem.

Ende

Schröder, Patricia:
Lesegören
Emely – einfach abgefahren!
ISBN 978 3 522 50496 6

Einbandillustration: Carolin Liepins
Einbandlayout und -typografie: Maria Seidel
Innentypografie: Kadja Gericke
Reproduktion: Medienfabrik GmbH, Stuttgart
Druck und Bindung: GGP Media GmbH, Pößneck

FSC www.fsc.org MIX Papier aus verantwortungsvollen Quellen FSC® C014496

Du hast noch immer nicht genug? Kein Problem, denn bald startet eine neue und turbulente Mädchenreihe von Patricia Schröder. Verschaffe dir hier einen ersten Leseeindruck von Band 1:

Wie LAKRITZ & ERDBEEREIS

„Zwengelchen" – so werden Lea und Lucie liebevoll von ihrem Opa Pistorix genannt. Doch die Abkürzung für „Zwillings-Engelchen" trifft es nicht immer ganz: Die eineiigen Zwillinge sorgen nämlich für reichlich Abwechslung im Schul- und Familienalltag. So zum Beispiel, als sich ihr Papa, der obendrein ihr Mathelehrer ist, ein bisschen zu sehr um die neue Referendarin kümmert ... Dass Lea und Lucie genau in dem Moment auf eine Zeltfreizeit an einem dreißig Kilometer entfernten Baggersee verfrachtet werden, hilft da nicht wirklich weiter. Höchste Zwillingsverwechslungs- und Verdoppelungskunst ist gefragt, um alles wieder in die richtige Bahn zu lenken ...

Gewagte Rezepturen

»Das kann nicht sein.« Lucie stoppte ihr Fahrrad, sprang auf den Bürgersteig und schüttelte energisch den Kopf. »Unmöglich! Du hast dich bestimmt verguckt.«

Anders als ihre Zwillingsschwester zog Lea sachte die Handbremse und ließ das Rad ausrollen, bevor sie abstieg.

»Das hab ich zuerst ja auch gedacht«, erwiderte sie. »Zumindest zu fünf Prozent. Aber irgendwie hat sich exakt dieses Bild hier eingebrannt!« Sie schlug sich zornig mit dem Handballen gegen die Stirn.

Lucie hievte ihren Drahtesel über die Bordsteinkante und lehnte ihn gegen den Stromverteilerkasten. Mit vor der Brust gekreuzten Armen und skeptisch vorgeschobener Unterlippe ging sie auf ihre Schwester zu.

»Ich glaub das einfach nicht«, bekräftigte sie.

»Würde ich ja auch gern«, jammerte Lea. »Ach, verdammt!«, fluchte sie. »Hätte ich mich vorhin in der Cafeteria doch bloß nicht umgedreht!«

»Ehrlich gesagt, hätte ich das auch besser gefunden«, gab Lucie zurück. »Mannomann! Ausgerechnet heute, wo die Butterkekse Hochzeitstag haben!«

Dreizehn Jahre waren Rosanna und Gerald von Leipnitz – Leas und Lucies Eltern – inzwischen verheiratet. Klar hatte es hin und wieder mal Meinungsverschiedenheiten gegeben, aber niemals einen ernsthaften Streit. Heute Morgen beim Frühstück hatten sie noch geturtelt wie zwei frisch verliebte Täubchen – und jetzt DAS!

»Jedenfalls würde es erklären, wieso Papa nichts gegen die Ohrstöpsel-Aktion von der Knippke unternommen hat«, brummte Lea.

»Mhmmm … vielleicht.«

Nachdenklich nagte Lucie an ihrer Unterlippe.

»Okay«, sagte sie schließlich. »Ist sicher besser, wenn wir das Ganze mal im Auge behalten.«

Lea lehnte ihr Rad gegen das von Lucie, schloss beide an den Hinterrädern zusammen und nickte.

»Und vorerst kein Wort zu Opa Pistorix!«, beschwor sie ihre Schwester.

Es dauerte eine halbe Ewigkeit, bis der Türsummer ertönte. Der Duft nach frisch gebackenem Kuchen war jedoch schon bis nach draußen zu riechen.

»Hoffentlich ist Opa Pistorix nicht ins Klo gefallen«, murmelte Lucie.

»Oder über Nacht taub geworden«, gab Lea sorgenvoll zurück.

Lucie schüttelte den Kopf. »Ach, was! Du kennst ihn doch. Manchmal ist er einfach bloß stur.«

»Ja, wenn Papa oder Mama etwas von ihm wollen«, erwiderte Lea. »Oder wenn es um Oma Billie geht. Aber doch nicht bei uns.«

»Hm, stimmt.« Lucie nickte. »Es wäre gut, wenn wir einen Schlüssel hätten«, meinte sie, während sie ihren Blick über die beiden Fenster gleiten ließ, die zur Straße hinausgingen.

»Das kannst du knicken«, sagte Lea. »Sogar Papa musste sich heimlich einen anfertigen lassen.«

Opa Pistorix konnte es nämlich nicht leiden, wenn man ihm hinterherspionierte.

»Hm«, machte Lucie noch einmal. »Könnte allerdings sein, dass ich eine Idee habe«, fügte sie geheimnistuerisch hinzu.

»Aha? Und in welche Richtung geht die so, deine Idee?«, bohrte Lea, nichts Gutes ahnend, nach.

»Das verrate ich dir lieber erst hinterher«, entgegnete Lucie.

»Och, nö, das ist n…«, setzte Lea zum Protest an, da wurde die Haustür mit einem Ruck aufgerissen, und ihr Großvater stand auf der Schwelle.

»Hallo, meine Zwengelchen! Da seid ihr ja endlich!«, rief er und seine blauen Augen strahlten vor Freude.

Zwengelchen war die Abkürzung für Zwillingsengelchen, die Opa Pistorix gleich nach Leas und Lucies Geburt eingeführt hatte. Er nannte die beiden so gut wie nie bei ihren Vornamen, weil er immer eine Weile brauchte, bis er sie auseinanderhalten konnte.

»Wer ist wer?«, fragte er auch jetzt.

»Ich bin Lea«, antwortete Lucie.

»Dann muss ich wohl Lucie sein«, meinte Lea grinsend. »Übrigens sind wir nicht endlich, sondern schon geschlagene fünf Minuten hier.«

»Oh, das tut mir leid«, erwiderte Otto von Leipnitz, alias der Vater von Gerald von Leipnitz, alias Opa Pistorix. »Aber ich hatte noch im Keller zu tun, und dabei habe ich offenbar ein wenig die Zeit vergessen«, entschuldigte er sich.

»Schon okay«, sagte Lucie. »Hauptsache, die Torte für Mama und Papa ist nicht angebrannt.«

»Ach, die ist doch schon längst fertig.« Otto von Leipnitz trat zur Seite und winkte die Zwillingsschwestern herein. »Und jetzt kommt. Ihr müsst unbedingt meine neueste Rezeptur probieren.«

Leas und Lucies Großvater wohnte im Hochparterre. Bei jedem Schritt, mit dem er eine Treppenstufe erklomm, schwang sein kugelrundes Bäuchlein auf und ab. Trotz seines Alters und der Körperfülle war er noch immer flink wie ein »Papierflieger im

Windkanal«. So jedenfalls hatte Gerald von Leipnitz es einmal ausgedrückt, und seine Enkelinnen hatten ihm sofort beigepflichtet. Manchmal – insbesondere in heiklen Situationen – war Opa Pistorix schneller von der Bildfläche verschwunden, als man bis drei zählen konnte.

Auch jetzt war er ziemlich flugs bei seiner Wohnungstür. Er schloss auf und ließ Lea und Lucie zuerst eintreten.

Die Schwestern stellten ihre Rucksäcke unter der Garderobe ab und stürmten sofort in die Küche.

»Wow!«, jubelten sie im Duett. »Die sieht ja mega aus!«

»Schade, dass wir sie nicht jetzt schon probieren können«, sagte Lea und berührte vorsichtig eins der türkisfarbenen Marzipanherzen auf der dreistöckigen, mit sonnenengelbem Zuckerguss überzogenen Torte.

»Die Welle obendrauf ist am coolsten«, meinte Lucie. »Wie hast du die nur so oberecht hingekriegt?«

»Mit meinen überaus geschickten Fingern natürlich«, protzte Opa Pistorix. »Ach, und übrigens …«, fuhr er mit einem Augenzwinkern fort, »wer behauptet eigentlich, dass ihr sie nicht gleich probieren dürft?«

Die Zwillingsschwestern sahen ihn irritiert an. Dass sie ihren Eltern nachher eine angeschnittene Hochzeitstorte überreichten, kam ja wohl kaum infrage.

»Wenn ich die Damen also auf den Balkon bitten dürfte …«, sagte Otto von Leipnitz unbeirrt und wies mit ausgestreckten Armen zur Küchentür hinaus.

Lucie lief voran, und Lea klebte ihr an den Fersen. Sie durchquerten den schmalen Flur und das Wohnzimmer und trabten auf den Balkon hinaus.

Der kleine Holztisch war fix und fertig gedeckt. Auf einer

feinen weißen Spitzendecke standen zwei gelb-türkise Törtchen im Miniformat, umringt von vier Tellern, zwei Tassen und zwei Gläsern. Eine brennende Kerze und vier farblich passende und zu Blüten geformte Papierservietten rundeten das Ganze auf festliche Weise ab.

»Opa, du hast dich verzählt!«, platzte es aus Lea heraus. »Wir sind doch nur zu dritt!«

»Ja.« Otto von Leipnitz nickte. »Aber nicht mehr lange.«

Lucie machte große Augen.

»Du hast noch jemanden eingeladen?«, stieß sie erstaunt hervor.

Ihr Großvater nickte abermals. »Allerdings.«

»Verrätst du uns auch, wer es ist?«, fragte Lea.

Otto von Leipnitz wiegte seinen Kopf hin und her.

»Nein, lieber nicht. Es soll eine Überraschung sein. Aber setzt euch ruhig schon mal hin«, meinte er. »Bis unser Besuch da ist, dürft ihr von meiner allerneuesten Kreation kosten.«

»Okaaayyy«, sagte Lucie gedehnt.

Sie und ihre Schwester warfen sich einen ratlosen Blick zu und setzten sich dann einander gegenüber an den Tisch.

»Wie ich eben bereits erwähnte, gibt es eine ziemlich gewagte Rezeptur«, sagte Otto von Leipnitz, dessen rundes Gesicht nun eine aufgeregte Röte zierte. »Bin in drei Sekunden wieder da«, kündigte er an, bevor er blitzschnell ins Wohnzimmer zurückhuschte.

»Eins … zwei … drei …«, zählte Lucie und zog eine Grimasse. »Von wegen Papierflieger im Windkanal.«

»Vielleicht liest er ja noch rasch ein paar Seiten in einem seiner geliebten Asterix-Hefte«, witzelte Lea.

Otto von Leipnitz war nämlich ein leidenschaftlicher Asterix-und-Obelix-Fan.

Anstatt sich vor den Fernseher zu hocken und wie andere Männer seines Alters einen Krimi oder die Sportschau zu gucken, vergrub er seine Nase lieber in einem seiner schon ziemlich zerlesenen Comics.

Lea und Lucie scherzten oft darüber, denn sie fanden, dass ihr Großvater selbst ebenfalls sehr gut ein Bewohner dieses legendären unbesiegbaren gallischen Dorfes hätte sein können. Und weil sein zweites Hobby das Kreieren von Kuchen und Torten war, und Bäcker auf Lateinisch Pistor hieß, hatten sie ihm kurzerhand den Spitznamen Opa Pistorix verpasst.

»Von gewagt war übrigens eben auch noch nicht die Rede«, fuhr Lea fort. »Nur von neuer Rezeptur. Die Torte für die Butterkekse ist allerdings wirklich toll geworden.«

»Mhm«, pflichtete Lucie ihr bei. »Gelb wie die Sonne über Teneriffa und türkis wie das Meer drumherum.«

Auf der Hauptinsel der Kanaren hatten ihre Eltern sich vor ziemlich genau fünfzehn Jahren kennengelernt, als Gerald von Leipnitz Rosanna de Angelis ganz romantisch aus einer Monsterwelle rettete.

»Wenn diese Referendarin Johanna Knippke sich ihm an den Hals wirft …«, begann Lucie.

»Was dann?«, half Lea ihrer Schwester auf die Sprünge.

»Werden wir sie ertränken …«, sagte Lucie vage und setzte hastig »Oder so ähnlich!« hinzu.

»Noch wissen wir ja nicht, ob ich mich nicht vielleicht doch verguckt habe«, meinte Lea.

»Ach, auf einmal?«, wunderte sich Lucie.

»Na jaaa …« Lea stieß einen langen Seufzer aus.

Je mehr Zeit zwischen ihrer Beobachtung in der Pause und dem Hier und Jetzt verstrich, desto leichter war es, sich einzureden, dass sie sich das Berühren der Hände tatsächlich nur eingebildet hatte. »Lass uns doch erst mal abwarten, wie die Torte ankommt«, schlug sie vor.

»Trotzdem«, beharrte Lucie. »Wir sollten JayKay alias Johanna Knippke auf jeden Fall weiter beobachten.«

Lea zog eine Schnute. »Oder Papa.«

»Besser nicht.« Ihre Zwillingsschwester wedelte mit ihrer Kuchengabel hin und her. »Das wäre viel zu auffällig. Wenn sich nämlich wirklich etwas zwischen den beiden anbahnt, wird er verdammt auf der Hut sein und früher oder später merken, dass wir ihm hinterherspionieren.«

Lea schluckte.

Wie konnte Lucie diese Ungeheuerlichkeit nur aussprechen! Sie selbst wollte sich das nicht einmal vorstellen. Der bloße Gedanke, dass Papa Butterkeks Mama Butterkeks auf eine solche Weise hinterging, schnürte ihr den Magen zusammen. Nein! Nein! Nein! Und nochmals Nein! Es durfte einfach nicht wahr sein!

»Ich glaub's nicht«, murmelte sie. »Selbst wenn Papa und Johanna Knippke sich irgendwie berührt haben, könnte es dafür auch eine ganz andere Erklärung geben.«

»Kann es nicht«, widersprach Lucie heftig. »Nur Liebespaare fassen sich an den Händen. Außerdem ist ›könnte‹ Konjunktiv. Ich will aber nicht auf etwas warten, das vielleicht passiert. Dann ist es nämlich zu spät. Ich will lieber vorher schon etwas tun.«

»Und was?«, fragte Lea.

»Weiß ich noch nicht genau.« Lucie tippte sich mit den Fingern gegen ihre Schläfen. »Aber ich spüre schon, wie sich da drinnen was zusammenbraut.«